Vorwort von Marek Raic Ranotzki:

„Eine trivialere Perversität, als diesen Schund, habe ich noch nie gelesen. Ich wünsche diesem Machwerk von ganzem Herzen, dass es nie verlegt wird.
Wenn dereinst in Rom, so wie seit längerer Zeit in London üblich, die schlechtesten literarischen Sexszenen prämiert werden, dann haben Sie, verehrte Frau Alighieri wirklich die besten Chancen auf einen der ersten Plätze.

© Eigenverlag, Hallerndorf im Aischtal 2010
Alle Rechte vorbehalten

D1693252

Laura Alighieri

Die Autorin lebt mit ihrer Familie als freischaffende Schriftstellerin
In Arezzo in der Toskana.

Brandzeichen

(Titel der italienischen Originalausgabe:
„Petrarca und die Frau auf dem Zwiebelturm")

„Drei Dinge sind aus dem Paradies geblieben:
Sterne, Blumen und Kinder!"

Dante Alighieri

© **Eigenverlag, Hallerndorf im Aischtal**
Alle Rechte vorbehalten
ISBN: 978-3-00-031963-1

„Eros
Lodernder Anfang:
Im Glanz verschlungener Freiheit
die Augen schließen,
schweigen,
nach innen fallen,
aus einem Abgrund
atmen, leuchten,
schlafwandelnd wissen:

Die Nabe ruht
Im Wirbel des Rades,
das Brennglas Sehnsucht
bündelt und bricht.

Ausgesetzt in der Wüste
stirbst du,
wirst geboren."

Aus: „Brandspur der Berührung",
Gedichte von Helga Unger

Petrarca (1304 – 1374)
LÀlto E Novo Miracol Ch`A Di Nostri

Seit dem wir hier auf Erden wallen
Ziemt uns, ein einziges Wunderbild zu minnen,
Doch kaum gesehen, ging es schon von hinnen
Um hoch zu schmücken dort die Himmelshallen.

Frau Minne will, dass ich es male allen,
Die es nicht sahn. Mit allen meinen Sinnen
Will ich es oft beherzt und kühn beginnen,
doch ist die Feder stets der Hand entfallen.

Noch fehlt dem Liede der Begeisterung Glut,
Glimmt`s auch in mir, und dieses kennt ein jeder,
Der je erfuhr der Liebe süßes Weben.

Wer je geschöpft der Wahrheit klare Flut,
der weiß, dass sie zu hoch für jede Feder
und sprach: „Heil dem, der sie sah im Leben."

Der Wecker klingelt

Das Telefon läutete unbarmherzig. Um diese Zeit, es war erst halb sechs morgens , musste es dienstlich sein. Kein regulärer Anfang war ein Tag ohne Frühsport und ohne ein kleines Frühstück. Es war der Kollege Goppenweihler, der ihr sagte sie solle zu einem kleinen Wasserturm im Wald kommen, dort läge eine weibliche Leiche.
Sie wusste vom Joggen und vom Pilzesuchen, wo sie hinzukommen hatte.
Kurz unter die Dusche und rein in die Klamotten. Dienstwaffe, Polizeiausweis und Lederjacke. Für die Katzen schnell noch Trockenfutter ins Schälchen. Unten vor dem Haus standen Autos, die alle gleich aussahen. Sie zog die Chipkarte für die Kommunale soziale Autobenutzung, entschied sich dann doch für einen dicken Roller, denn es sah nicht nach Regen aus. Es war natürlich ein Elektroroller, denn es gab nur noch elektrisch betriebenen Straßenverkehr. Die Autos und Zweiräder hatten auch keine Räder mehr. Es war mehr ein Gleiten und Schweben auf kleinen flexiblen Luftpolsterkufen; irgendwas mit elektromagnetischen Feldern. Den Teer als Straßenbelag hatte eine neue, hierfür geeignete Mischung abgelöst. Das Gummi – Teer – Benzin – Zeitalter hatte lange genug gedauert. Die Wüstenfläche, die in der Sahara dafür solar überdacht werden musste, war gar nicht so groß. Der Strom wurde dann in Salzwassertanks hergestellt, was dazu führte, dass endlich auch genug Trinkwasser und Gießwasser für die Gärten der Sahara zur Verfügung stand. Die riesigen Vorteile für Natur, Umwelt und die Menschen in Afrika und Europa waren wegen großer Gewinne mit alten Kernkraftwerken, immerhin einige Millionen Euro pro Tag, immer weiter verschoben worden. Abwrackprämien und Subventionen für den größten Unfug waren in Strömen geflossen, bis es die große

Atomkraftwerkskatastrophe in Tschechien gegeben hatte und fast gleichzeitig islamistische Terroristen aus Saudiarabien in drei Kernkraftwerke in Amerika, Russland und Europa flogen. In Saudiarabien hatte es eine Revolution gegen den herrschenden König und die Prinzen gegeben. Das Volk wollte Demokratie, was die USA unmöglich zulassen konnten, ging es doch um die letzten großen Erdölvorkommen der Welt. Das Öl, längst zu kostbar zum Verheizen, war in einer islamischen Republik nicht mehr so sicher, wie während der Feudalherrschaft ihrer Lakaien. Die USA hatten militärisch interveniert, wie damals im Irak oder in Kuwait.

Die Kommissarin steckte ihre Chipkarte in den Schlitz des großen Rollers, drückte den Startknopf und schwebte durch die Stadt, dem nahen Waldrand entgegen, da klingelte der Wecker und holte sie in ihr Schlafzimmer zurück.

Er klingelte unbarmherzig und zwang zum Reagieren. Sie war erst ziemlich spät eingeschlafen, da sie sich wieder einmal auf das Angebot „Scheiße zu essen" eingelassen hatte.

Ihr Chef hatte sie zum Tanz aufgefordert und sie war ihm auf die Tanzfläche der Spitzfindigkeiten und Ränkeschmieden gefolgt, anstatt großzügig abzulehnen und ein anderes Lied zu singen.

Sie war damals auf das Verlangen einer fähigen Ermittlerin, die inzwischen ausgeschieden war, in das Team aufgenommen worden. Ihr Chef war damals noch von den Fähigkeiten und dem Wissen dieser Frau gefesselt, inoffiziell. Er hatte ihr nie verziehen nicht explizit seine Wahl gewesen zu sein. Schönes Dilemma und nicht durch Kommunikation bezwingbar.

Nach dem Ausscheiden ihrer damaligen Förderin, hatte sie sofort seine Missgunst zu spüren bekommen und viele Versuche, sie aus dem Team zu drängen, oder ihr irgendein Versagen anzuhängen, waren letztendlich

gescheitert. Dies hatte aber nicht dazu geführt, dass ihr Chef seine Anstrengungen beendet hätte. Ganz im Gegenteil. Er hatte sich darin festgebissen, sie doch irgendwann, irgendwie los zu werden.
Dieses Mobbing verzehrte unheimlich viel Energie, und verführte ab und an, zu Handlungen und Intrigen, die sie eigentlich gar nicht mitspielen wollte. Aber nur den Nacken hinhalten und sich köpfen lassen ohne sich zu wehren, konnte sie auch nicht.
Ihre Mitarbeiter wusste sie hinter sich, aber nach oben waren nur Steine zum wegräumen aufgebaut, was auf die Dauer sehr belasten konnte.
Sie nutzte ihre sportlichen Erfahrungen und machte sich rechtzeitig dünn und geschmeidig. Einfach nicht mehr da zu sein, und die Angriffe ins Leere laufen lassen, war ein Prinzip, das andere war der Zorn. Zur gegebenen Zeit einfach vorwärts stürmen, so wie Achilles in der Ilias. Man musste aber mit dem Echo leben und gut haushalten können. Die Belastungen und der Weinkonsum in schlaflosen Nächten durften nicht überhand nehmen, sonst konnte man nicht mehr arbeiten und man wurde richtig angreifbar.
Neil Young bestätigte sie mit der Liedzeile: „God to get past the negative things, business and lawyers". Die zweite Zeile des Refrains gefiel ihr besonders gut. Er sang, „some day, you`ll find, what you gonna looking for".
Sie hatte sich ihre derzeitigen Lieblingslieder auf eine CD gebrannt. Walter Backer sang: „ evil words were spoke, dirty deeds were done", und hatte ein tolles Saxophon dabei.
Heute also keine Zeit für die "Fünf Tibeter" das Senioren-Yoga und die hundert Situps, die sie sonst jeden morgen für den Tag fit machten.
Heute war ein Starkteetag, kein Kaffeetag, das war klar, das lag in der frühen Morgenluft dieses Tages.

Young sang: „they offered live in sacrafice, so that others could go on". Die Hymne von Cortes, dem Killer, war einfach genial.
Er spielte das ganze Lied erst instrumental einmal durch bevor er anfing zu singen.
Die Bewohner ihrer WG, ein schwarzafrikanisches Zwillingspaar aus Mosambik, waren gerade im Urlaub in ihrer Heimat. Sie hatten diesen afrikanischen „Voodoo-style" in die Wohnung gebracht. Überall hingen Masken und die Wandbehänge zeigten Tiere und Menschen in kräftigen Farben, oder waren in Schwarz-weiß gehalten, wie ein Zebra.
Wenn sie anwesend waren, arbeiteten beide als Übersetzer für verschiedene Firmen mit Außenhandelskontakten.
Pier und Angelique waren jetzt für vier Wochen in Mosambik. Danach würden sie noch für einen Monat bei einer Weinfirma in Pommerol, auf dem Chateau Petrus, als Übersetzer arbeiten. Eine Flasche des aktuellen Jahrgangs kostete derzeit 1.800,-€. Die Flasche eines älteren Spitzenjahrgangs war unbezahlbar, das Kontingent, das die elf Hektar erbrachten, stets ausverkauft.
Sie freute sich jetzt schon sehr auf das Wiedersehen. Die Zwillinge waren ihr ans Herz gewachsen und was würden sie wieder mitbringen von ihrer Tour durch Afrika, Spanien und Frankreich? Mit dem starken schwarzen Tee kamen die Lebensgeister. Die selbst gemachte Birnenkonfitüre auf dem getoasteten Brötchen war ein früher Genuss. Sie musste an die Party denken, die Pier und Angelique diesmal zum Abschied gegeben hatten. Alle waren da gewesen und alle waren im Vorfeld befragt worden, welche zehn Lieder ihre absoluten Tanzknaller seien. Aus diesen hundertmal zehn Vorschlägen war dann die Laptop Tanzliste erstellt worden. Es sollte kein Gerangel am CD Player geben. Zum Essen wurde Konventionelles geboten, ab und zu von zwei sehr guten Gitarristen

unterbrochen, die Country und Folklieder spielten und gesanglich von der Tochter eines der Partygäste unterstützt zum Besten gaben. Das große Buffet war unter der Last der mitgebrachten Köstlichkeiten durchgebogen In zwei großen Brätern stand gratiniertes Gemüse, in einer großen Auflaufform gab es weiße Bohnen mit Zucchini und Tunfisch, Möhrensalat mit Minze und Kreuzkümmel; Tintenfischsalat in der eigenen Tinte hatte nicht nur geschmacklich etwas zu bieten, sondern auch einen großen visuellen Reiz. In einer großen Fayenceschüssel lagen Entenschlegel mit Feigen in Sherrysoße. Daneben standen in einer Kasserolle die mit Ei Zwiebeln, Knoblauch, angebratenem Paniermehl und frisch gehackter Petersilie gefüllten Sardinen, die in einem Weißwein gegart waren. In zwei Elektrokochtöpfen warteten Suppen auf den Verzehr. Ein roter Borschtsch, mit exzellentem Rindergulasch zubereitet, und durch süße Sahne zart rosarot gefärbt sowie eine Zweihahnsuppe, die als asiatisch Hühnersuppe durchging. Das Besondere an der Zweihahnsuppe waren eben die zwei großen Hähne, die für den Suppenfonds ihr Leben lassen mussten. In Südtirol soll es ein Dorf geben, wo in einer Art Initiationsritus für junge Männer, jede der Familien mit einem jungen Mann im passenden Alter eine Zweihahnsuppe zubereiten muss. Dies, damit die Jungs genug Kraft hatten, die ganze Nacht durchzutanzen. Die mystische Zweihahnsuppe war dann auch der echte Partyrenner und je später es wurde und je wilder die Leute tanzten, desto dankbarer machte man mit einem Schälchen Zweihahnsuppe eine Tanzpause oder eine Pause vom exquisiten Alkohol in Form von toskanischen Weines, oberfränkischen Bieres oder perfekt zubereiteten kubanischen Longdrinks mit lang gelagertem weißen Rum. Den Übergang vom Essen zum Tanzen bildete ein kleines Feuerwerk zur Mitternacht. Nostalgisch melancholisch, wie sie nun mal waren lief dazu von Wenzel`s CD „König von Honolulu" das „Kamper

Trinklied". Es passte zum bevorstehenden Abschied genauso, wie zum Zusammensein überhaupt. Sie hatte Liebstöckel noch nie so ausgelassen erlebt, wie im Anschluss an das Feuerwerk. Durch die Filter langer abendlicher und nächtlicher Musiküberprüfung auf Tanztauglichkeit der eingereichten Topten Listen, war zum Glück eine durchgängig tanzbare nach Mitternachtsliederliste entstanden. Liebstöckel hatte raumgreifend getanzt und die für das Tanzen eigentlich beabsichtigte Fläche oft verlassen. Es waren Menschen anwesend, die man sehr selten sieht, was die Gespräche sehr anregend machte. Mit den vierhundert Fotos auf der CD konnte man bestimmt eine geraume Zeit von diesem Event zehren. Die Vorbereitungen und das Herstellen der Suppen hatten zwei Tage in Anspruch genommen. Die großen freilaufenden Hähne hatte sie von einer Freundin, bei der sie am Samstag auch ihre Frühstückseier holte. Für die Verstärkung der Fleischeinlage hatten gekaufte Hühnerbrüste gesorgt, die kleingeschnitten im Wog, scharf und würzig angebraten wurden, wie das Gemüse übrigens auch. Chili aus dem eigenen Garten sorgte für die Schärfe. Sie hatte in die großen Möhren V- förmige Einkerbungen geschnitten und damit gelbe Sterne erhalten, aber auch die Streifen mitverwendet und in einer Viertel Stunde in etwas Brühe bissfest gegart. Die Mu-Err-Pilze waren mit kochendem Wasser übergossen, dann zwanzig Minuten zum Quellen stehen gelassen. Die Hähne mussten mit dem geputzten Gemüse: Pilze, Möhren, Ingwer, Knoblauchzehen, Bambusspitzen, Frühlingszwiebeln, Paprikaschoten, Sojasprossen, Blättern vom Stangensellerie, Chinakohl, Broccoli, Mangold, etwas Rauke, Kohlrabi, Blumenkohl, Sojasoße und Zitronensaft - vier Stunden leise sieden. Beim Ablösen des Fleisches nach zwei Stunden konnte man mit frischem Pfeffer und Salz schon etwas naschen, bevor der Rest zusammen mit den Hühnerbrüsten in den süß – scharfen Wog ging.

Die Aufräumarbeiten hatten weitere zwei Tage gedauert. Die Zwillinge waren das alles und viel mehr wert. Sie vermisste sie jetzt schon sehr.

Sie schnallte sich ihre Dienstpistole um, gab den zwei großen Hunden zu fressen und schob noch schnell den Müll nach draußen, denn heute war der Tag der Müllabfuhr. Die Hunde, zwei weiße Boxer, hatte sie vor dem sicheren Tod gerettet. Züchter mochten weiße Boxer nicht, sie wurden daher immer schon als Babys getötet. Sie hatte sich für den Gas Fiat entschieden, obwohl sie gar nicht genau wusste, wie sich das Verhältnis des CO_2 Ausstoß in Gramm pro Kilometer zu Gunsten der Welt veränderte, wenn man mit Erdgas fuhr. Flüssiggas Tankstellen gab es mehrere, aber Tankstellen für Erdgas waren rar gesät. Man musste mit dem Ersatztank rechnen. Vorne drei Sitze und hinten drei. Die Hunde passten auch noch in den Kofferraum, falls es mal schnell gehen musste und sie keine Zeit hatte mit den ihnen Fahrrad zu fahren. „Ich hab den Tag auf meiner Seite, ich hab Rückenwind – einen Frauenchor am Straßenrand der für mich singt. Orangenbaumblätter liegen auf dem Weg" – Das Haus am See. Alle alten Freunde und Bekannte einladen und eine Woche durchfeiern, das wär`s, aber leider rief die Pflicht. Da fielen ihr die Freuden der Pflicht wieder ein, die der arme Siggi, genannt Witt-Witt, in seiner Zelle zu bearbeiten hatte: „Sehen ist so ein Tausch auf Gegenseitigkeit. Was dabei herausspringt, ist gegenseitige Veränderung, einander entgegenkommen, einen Abstand verringern. Oder Bloßstellen, etwas wird so aufgedeckt, dass keiner in der Welt sich ahnungslos geben kann… Eine Handbewegung und wir werden uns setzen, werden einander reglos gegenübersitzen, zufrieden mit uns, weil jeder das Gefühl haben wird, gewonnen zu haben."

Sie fuhr mit ihrem Erdgasauto aus der Stadt heraus und bog laut Wegbeschreibung gleich nach dem Vita Parcours in den Wald ein.
Die Mad Caddies sangen: „ Go ahead and have your fun girl"!

Das Zwiebeltürmchen

Sie war aufgespießt worden. Richtig mittig. Die Dachspitze des Wassertürmchens, das märchenhaft mitten im Kellerwald des Örtchens Forchheim stand, war knapp unterhalb des Nabels in sie eingedrungen, und knapp oberhalb des Steißes schaute das Ende des zwanzig Zentimeter langen Zwiebeldornes aus ihr heraus.

Der Märchenwasserturm war rund und sein Hinterteil in einen Waldhügel hineingebaut, so dass man von hinten mit etwas gutem Willen und einer kleinen Leiter, auf sein Dach steigen konnte.
Das Dach stand etwas über und erinnerte Frau Kommissarin Helga Reitemich an eine Mütze für den kleinen Gnomenturm. Überhaupt alles liebreizend skurril und märchenhaft arrangiert.
Der durch die ersten Sonnenstrahlen getönte Schleiernebel, die Spinnfäden des heraufziehenden Altweibersommers, hier und da ein Pilzchen.
Was nicht dazu passen wollte, waren die Absperrbänder und das kalte Blaulicht des Polizeiwagens.
Der Kommissarin war es etwas flau im Magen, die vier Bier und die drei Wildweichsel Schnäpse der letzten Nacht und

das frühe Gewecktwerden durch ihren Assistenten zeigten Wirkung.
Die Sanitäter und die Polizisten hatten ein Hilfsgerüst aufgebaut, um auf das Dach des dicken kleinen Turmes zu gelangen. Nun waren sie dabei, Fotos dieses surrealistischen Happenings zu machen.
Selbstmord? Suizid konnte ausgeschlossen werden!
Wer würde sich selbst auf einem Wasserturm aufspießen? Es musste auf jeden Fall ziemlich schnell vorbei gewesen sein, wenn sie zum Zeitpunkt des Aufspießens überhaupt noch gelebt hatte.
Der Dornfortsatz, die Zwiebelspitze hatte ihre Bauchschlagader erwischt, das halbe schwarze Dach hatte sich rot verfärbt.
Nun gelang es endlich mit vereinten Kräften, die Frau des riesigen Siebentöters herunterzuheben. Gerade als sie hoch genug angehoben wurde entfuhr dem Körper ein sehr merkwürdiges Luftgeräusch. Vor lauter Schreck duckte sich ein Polizist unter der Leiche weg und ein Sanitäter kam dadurch aus dem Gleichgewicht. Er rutschte vom Turmdach direkt auf sein Sankadach. Glück gehabt!
Die Frau rutschte ihm nach und landete auf dem verunglückten Sanitäter. Der bekam den Schreck seines Lebens, rollte sich auf die Seite und katapultierte die Tote direkt vor die Füße von Frau Reitemich.
„Was soll die Scheiße? Am frühen Morgen brauche ich disziplinierte Ruhe!"
Die Kommissarin war aus ihrem Tagtraum gerissen worden. Er handelte vom Leichensaal der Gerichtsmedizin und vor allem von ihrem neuen Gerichtsmediziner.
Sie, Frau Reitemich, oder in diesem Zusammenhang eher schon Helga, hatte die aktuelle Leiche im Institut ihres neuen Hahnes einfach mit ihrem Arsch vom Tisch geschoben, um Platz zu bekommen für ein ausführliches

und wildes Paarungsritual, dass natürlich von sanfter Aggression begleitet war.
Jetzt hatte sie eine richtige Leiche vor ihren Füssen liegen, und zwanzig Augen richteten sich auf sie. Die Frau war sehr schön. Ein schrilles „was glotzt ihr so blöd?", brachte die Leute wieder in die Realität zurück.
„Hebt sie mir auf euer Rolltischchen, meine Herren!", Frau Reitemich zu zwei Sanitätern, die sofort gehorchten, da sie schon öfter mit ihr zu tun gehabt hatten.
Frau Reitemich umkreiste langsam den Rollwagen. Sie zog die MCs aus ihrer Lederjacke, steckte sich eine in den Mund, jedoch ohne sie anzuzünden. Aus einer anderen Tasche fischte sie ihr Diktafon und drückte den Aufnahmeknopf.
„Weibliche Leiche, ungefähr Mitte zwanzig, mindestens 165 groß, helles brünettes Haar, hellbraune Augen, Korrektur hellbraunes Auge, ein Auge fehlt, Warzenpiercing der rechten Brust."
Diesen Einblick lies die schwarze Hebe zu, wahrscheinlich 75c, ein Höschen, Strapse und Strapsgürtel, alles in schwarz. Schwarze Damenschuhe mit hohen Absätzen. Sie war nicht durch oder im Wald gelaufen, also keine Wanderin oder Spaziergängerin.
„Seit höchstens zwei Tagen", sagte der immer nickelbebrillte Roderich Goppenweihler, kriminaltechnischer Assistent von Frau Reitemich. Entdeckt hat sie Herr Harald Baumann aus der Siedlung Burk, auf der anderen Seite der Stadt. Der war heute schon sehr früh im Wald und sammelte Pilze. Keine weiteren Angaben, außer dass er mit ein paar Steinen eine Krähe verscheucht hat, die.."
„Lass gut sein, ich hab`s gesehen. Ein Auge fehlt!"
„Er hat uns mit seinem Handy verständigt über die 110. Sanka und die Polizei. Die Kollegen haben dann uns informiert, Liebstöckel mich, und ich hab dich aufgeweckt."

Frau Reitemich sagte „O.K.!"
„Schaffen wir sie zu Sunyboy in die Medizin, dann wissen wir bald Genaueres", meinte Goppenweihler und dachte an den Gerichtsmediziner und die neue Liaison seiner Chefin.
Er wusste bescheid. Es waren oft dienstliche Anlässe gewesen. Sie hatte ihn immer etwas eher wieder weg geschickt, aber er war auch schon zurück geschlichen und hatte durch die Formaldehydgläser hindurchgelinst. Seit dem hatte er noch viel mehr Respekt vor seiner Chefin. Heimlich begehrte er sie und manchmal verzehrte er sich vor Verlangen, ohne aber auf Sunyboy eifersüchtig oder neidisch zu sein.
„Wir haben vor dem Turm nur die Sankaspuren. Ich möchte wissen, wie sie hergekommen ist, Goppenweihler!" sagte Frau Reitemich, die sich inzwischen die MC angezündet hatte und den Rauch genüsslich auf den Bauch und die immer noch schön anzuschauenden Brüste der Toten blies. Goppenweihler straffte sich, was so etwas war wie ein kleines Salutieren und ging zu seinen Kollegen von der Spurensicherung. Goppenweihler diskutierte das mit seinen Kollegen, und tatsächlich waren in der Nähe nur Traktor- und Mofaspuren gefunden worden. Die des Traktors fünfzig Meter weiter unten und die Mofaspuren direkt auf dem Weg am Turm vorbei.
„Chefin, Spuren sind da, aber nur Mofa- und Treckerspuren."
„Beides passt nicht unbedingt zu unserer Schönheit hier, oder kannst du sie dir auf einem Trecker oder auf einem Mofa vorstellen?"
„Ausgeschlossen, Chefin!" sagte Goppenweihler und er hatte damit recht. Die Tote war weiß Gott kein Mofa- oder Treckertyp, eher schon das gehobene Management, Girl im Vorzimmer.

„O.k. check das weiter ab. Wir werden auch Hunde anfordern um den Wald im Umkreis von fünfhundert Metern um den Turm durchzuforsten." Weiter war hier eigentlich nichts zu tun.

„Also schafft sie mir in die Gerichtsmedizin meine Herren!" sagte die Kommissarin und trat die MC aus. „Wir sehen uns nach dem Mittagessen Goppenweihler und veranlassen sie die Suchaktion!"

„Die Kippe Frau Reitemich", Goppenweihler hatte die Kommissarin mit seinem Ellenbogen berührt und nach unten genickt. Scheiße, wo war sie bloß mit ihren Gedanken. Sie hob sie unauffällig wieder auf und steckte sie in die Tasche ihrer Lederjacke.

Gut, dass sie flache Schuhe trug. Der Waldweg war geschottert, aber trotzdem etwas aufgeweicht. Fünfzig Meter bis zu ihrem Wagen, der brav und dienstbereit auf sie gewartet hatte. Ihr türkisfarbener Gas Fiat.

Sie legte unangeschnallt den zweiten Gang ein und schaltete den CD Player an. Helga mochte ganz unterschiedliche Musik. Sie legte eine afrikanische CD ein. Diam von Daby Toure, das erste Lied hieß Iris, ihr Lieblingslied war das siebte, mit diesen wunderschönen, weiblichen Begleitstimmen. Es handelte von einem guten Häuptling der seine Sippe beschützte, auch gegen jede Art von feindlichem Zauber.

Helga spürte Hunger, es war auch an der Zeit etwas zu essen. Heute war der Italiener dran. Im Syracus gab es immer herrliche Muscheln und Nudeln – was wollte man mehr. Hier am Rande von Forchheim, in einem der letzten Häuser vor den Flussauen, gaben die getönten Panoramafenster den Blick auf die Berge hinter dem Fluss frei. Helga brauchte keine Speisenkarte, ein Nosiola sollte heute die Pasta begleiten und anschließend, die Kotze in Weißwein – Knoblauch – Zitronensoße verlangte nach einem guten weißen Burgunder. Der Nosiola, vom Castelo di Toblino, war von angenehmer Frische, die trotzdem von schönen, kräftigen, erdigen Nuancen begleitet wurde, ohne dabei unangenehm im Vordergrund zu stehen. Der strohgelbe Burgunder, acht Grad kalt und nach Birnen duftend, erhellte den etwas dunkeln Tag. Mit dem Brot die Knoblauchsoße austunken war ein besonderer Genuss. Danach der Espresso mit einer MC und die Welt war so was von in Ordnung, dass sich die Kommissarin auf ihrem bequemen Polsterstuhl zu rekeln begann.

Der Bumspavillon

Er war bei der „Behandlung". Sie hatte eindeutig Spaß an ihrer Arbeit und war sehr kreativ und flexibel.
Diese Art von Körperarbeit verlangte die ganze Frau, einheitlich emotional – motivational, kognitiv und handlungstechnisch. Er kniete vor ihr und sie war gerade dabei ihm Seifenblasen auf den Hintern und auf seinen Sack zu blasen. Er merkte es, wenn sie an seinem Gebaumel zerschellten. Dann leckte sie die nach Vanille schmeckende Seife wieder ab und prüfte, ob sein Schwanz steif war. Neben den beiden rankten sich große, weiße Orchideen.
Das Zimmer hatte ein großes Glaskuppeldach und beherbergte viele tropische und subtropische Pflanzen. Aus einem dicken Bambusrohr floss Wasser in das dampfende Badebecken in der Mitte des mit Mosaiken gekachelten Bumspavillons. Der Boden war mit angenehm warmen tropischen Hölzern zu einer Bade- und Liegelandschaft ausgelegt.
Mehrere dieser Pavillons, das große Foyer, das Cafe und in der Mitte das große dreigeschossige Forum bildeten den exklusiven Club „El Capitan".
Er wurde als eines der vier besten Häuser in ganz Süddeutschland als Geheimtipp gehandelt und man munkelte, dass es nichts gab, was es hier nicht gab.

Berühmt waren die Themenabende im großen Forum. Ihm war bis jetzt der römische am liebsten gewesen. Im großen Swimmingpool waren Badeinseln miteinander verankert. Darüber spannten sich riesige rote Tücher.
Die Frauen trugen, wie damals üblich, einen wallenden Hauch von Nichts. Die Brüste und die schmal geschnittenen Schamhaare oder die nackte Scham waren besser zu sehen, als ohne diese Gewänder. Beliebt waren dicke Klunker in Nabel und Bauch, auch Fußkettchen wurden getragen. Bei all dem Angebot musste man sich ganz schön zurückhalten, um nicht gleich schlapp zu machen, ähnlich wie bei einem guten Buffet mit vielen Leckereien. Immer weiter Appetit holen, auch mal richtig Gas geben, aber dann wieder langsam und ruhig. Je länger, je lieber.
Den erstklassigen Rotwein genießen, oder eine kleine kubanische Zigarillo schmauchen und sich dabei noch verwöhnen zu lassen. Aber nur ein bisschen.

Lagebesprechung

Frau Reitemich stand vor der großen Glastafel im Kommissariat der Mordkommission. Viel konnte sie noch nicht an die Tafel schreiben.
Das Brain Writing mit den fünf Mitarbeiterinnen der Abteilung hatte auch nicht viel gebracht. Alles drehte sich um die Frage, wie die schöne tote, junge Frau auf das Zwiebeltürmchen gekommen war. Es hätte schon übermenschliche Kraftanstrengung benötigt, um sie da hinauf zu tragen und aufzuspießen. Außerdem waren die übrigen Verletzungen und Brüche viel besser durch Sturz aus großer Höhe zu erklären.
Sie waren übereingekommen, dass die Frau geflogen sein musste.

Frau Reitemich setzte sich zu den anderen an den großen Konferenztisch und schenkte heißen Kaffee nach. Das Telefon klingelte. Es war Sunyboy aus der Gerichtsmedizin.
„Hallo Frau Reitemich, drei Sachen kann ich dir sagen: Erstens der Tot ist tatsächlich durch das Aufspießen verursacht worden. Sie muss aus großer Höhe direkt auf der Dornspitze des Turmes gelandet sein. Zweitens haben wir unter dem Höschen auf der rechten Arschbacke ein Brandzeichen entdeckt-„
„Was habt ihr entdeckt? Ein Brandzeichen? Du meinst ein Tatoo!?"
„Nein Helga, es ist wirklich ein Brandmal."
„Und was ist ihr eingebrannt worden?"
„Ein schwarzer Hahn, so ähnlich wie der Chiantihahn. Vielleicht hat sie guten Chianti genauso gemocht wie du?"
„Hm? Hilft uns das irgendwie weiter? Ist es überhaupt in unserem Zusammenhang passiert?"
„Ich glaube schon. Es ist sehr frisch. Ich denke das Zeichen wurde ihr kurz vor dem Tod eingebrannt."
„Also sie hat da noch gelebt, als ihr der Hahn eingebrannt wurde?"
„Ja, davon können wir ausgehen", meinte der Gerichtsmediziner.
„Und was ist drittens?" wollte Frau Reitemich wissen.
„Drittens ist nicht alles Blut auf der Frau ihr eigenes."
„Sondern?"
„Es ist Tierblut dabei."
„Tierblut? Weißt du schon von welchem Tier?"
„Lass mir ein bisschen Zeit, du Gnadenlose, morgen bin ich soweit. Übrigens glaube ich die Dame kam aus dem Osten, Ukraine, Weißrussland, Bulgarien, irgend so etwas."
„Das könnte dafür sprechen, dass sie im horizontalen Gewerbe gearbeitet hat. So wie die Dinge jetzt liegen, können wir, glaube ich, einen Unfall ausschließen."
„ Das glaube ich auch. Ciao Ermittlerin."

„Ciao Leichenfledderer." Die Kommissarin legte auf.
„So ihr habt die Hälfte meines Telefonats mitbekommen, ein Unfall ist so gut wie ausgeschlossen. Das heißt, wir sind im Geschäft."
Die Kommissarin berichtete alle Details des Telefonats und protokollierte das Wichtigste stichpunktartig auf ein Flip Chart.
„Was ist zu tun? Was sind die nächsten Schritte?" fragte sie in die kleine Runde der anwesenden Ermittlerinnen.
Am Tisch saßen außer ihrem kriminaltechnischen Assistenten Roderich Goppenweihler noch Hysen Hasanaj, ein aus Albanien stammender etwas fülliger Kripobeamter, Rosa Deithard, die Azubine des Teams und Herbert Liebstöckel, zuständig für den Innendienst und die Informatik.
Herbert Liebstöckel meldete sich als erster zu Wort.
„Ich werde auf Jeden Fall an alle Sittendienste und auch an entsprechende Häuser der besseren Kategorie ihr Bild mailen. Wenn sie nicht illegal und zwangsprostituiert gearbeitet hat, können wir vielleicht klären, wo und für wen sie gearbeitet hat."
Fr. Rosa Deithard, die Azubine der Ermittlungsgruppe, sagte: „Ich werde die letzten Wochen, Monate und Jahre auf Ähnlichkeiten absuchen. Leichenfunde, Tod durch Aufprall aus großer Höhe."
„Gute Idee!" sagte die Kommissarin und lächelte die Azubine an. Rosa Deithard war vom ersten Tag an auf Zack gewesen, ohne aufdringlich zu sein. Sie fand die Arbeit selber, hatte gute Ideen und war sehr kooperativ im Team. Sie war groß und hatte einen durchtrainierten, muskulösen Körper. Ihre schwarzen Zöpfe wollten irgendwie nicht zu ihren wasserblauen Augen passen.

Massage

Genau wie die Kommissarin hatte die Azubine eine Vorliebe für gute Massagen. Schräg gegenüber des Kommissariats hatte ein neuer Massagesalon eröffnet. Thaimassage für Körper und Füße, aber auch Shiatsu wurde angeboten. Die Azubine und Frau Reitemich waren Stammkunden. Sie ließen sich parallel auf zwei nebeneinander stehenden Bambusliegen behandeln und genossen die Wohltaten für Körper und Geist. Es war schön, vor der eigentlichen Massage erst einmal mit einem weichen, großen Naturschwamm eingeseift zu werden, um dann den Schaum durch sanfte, warme Wassergüsse wieder los zu werden.
Frau Reitemich und die Azubine wurden aufgeweicht und bereit, sich der eigentlichen Behandlung preiszugeben.
Die Räucherkerzen verbreiteten einen angenehmen, leichten und sanften fernöstlichen Duft. Die Handys waren ausgeschaltet und keiner wusste wo sie lagen. Nicht erreichbar zu sein, das war ein Privileg.
Beide waren Genießerinnen durch und durch. Nach der Körpermassage kam noch die Fußmassage mit anschließender Pediküre und neuem Nagellack.
Einmal in der Woche gönnten sie es sich, sich so verwöhnen zu lassen.
Jeden Freitag nach der Arbeit gingen sie zusammen in den Massagesalon, der Gott sei Dank noch nicht in ein Versicherungsbüro umgewandelt worden war.
Die Massage verursachte Hunger. Hunger auf Essbares und Hunger auf mehr und intimere Massage.
Rosa und Helga gingen heute zum Lieblingsitaliener.
Sie hatten einen abgeschirmten kleinen Nischentisch bestellt. Freitag war Fischtag. Zuerst bestellten sie sich gegrillte Riesengarnelen mit Bärlauch Baguette Scheiben. Dazu ließen sie sich einen Bianco Faye von Pojer und Sandri aus Faedo, eine Cuvee aus Chardonnay und Pinot Bianco, öffnen.

Danach speisten sie gegrillten Flussbarsch der das ganze Lokal duften lies. Dazu gab es eine Flasche Perle aus Franken. Diese Rebsorte war neutral und nicht zu fruchtig, Weißwein von einem Winzer, der früher Gitarrist der Rock Band Sweet Smoke gewesen war. Nach dem Essen folgte noch eine kleine Flasche Essenzia Spätlese. Eine weiße Cuvee aus verschiedenen Rebsorten des Trentino.
Beim Espresso und dem Grappa di Essenzia spürte Frau Reitemich, wie die Zehen der Azubine unter dem Tisch die Innenseite ihrer Schenkel massierten und entlang wanderten zu den allerheiligsten Stellen.
Die Kommissarin zündete sich genüsslich eine kleine Zigarillo an und blies langsam den Rauch unter den Tisch. Nun war es an der Zeit zu neuen Taten aufzubrechen.
Bei Frau Reitemich gab es einen guten Val Dobbiadene von der Azienda Borgo Molino.
Die zwei Frauen zogen sich sehr langsam gegenseitig aus. Sie hatten sich eine langsame ruhige CD von Liz Wright aufgelegt, die alles in ein beruhigtes unangestrengtes Tempo goss.
Frau Reitemich breitete ein riesiges schwarzes Badetuch auf ihr ovales Bett aus und legte sich auf den Bauch.
Die Azubine ölte sie kräftig ein. Dann setzte sie sich auf die Schultern ihrer Chefin und stemmte die Hände auf deren Gesäß.
Durch das Massageöl war es ihr möglich, mit ihren Pobacken hin und her zu kreisen und dabei die Schulterpartie mit ihrem kleinen, kräftigen Gesäß zu massieren. Dann rutschte sie nach unten und ein paar Mal über den Hintern der Kommissarin und wieder zurück.
Die stöhnte auf und drückte der Azubine im entscheidenden Augenblick das Gesäß ein bisschen entgegen.
Dann rutschte Rosa noch mal über den Hintern der Kommissarin, knetete mit den Innenseiten ihrer

Oberschenkel einen der beiden Oberschenkel ihrer Chefin und massierte, dabei den ausgestreckten Fuß.

Rapport bei Rüdesheimer

Am Morgen hatte die Kommissarin Brötchen geholt und Kaffee gemacht. Ihre Azubine sollte richtig verwöhnt werden. In der Speisekammer fand sich Scamorza und eine abgehangene mit Silberpapier verschlossene spanische Salami aus dem Fleisch von Eichelschweinen. Im Nachbardorf hatte sie Eier geholt. Beim Metzger hatte sie noch einen guten in Whisky eingelegten, dunklen Schinken in ganz dünnen Scheiben erstanden. Die Azubine wurden erst geweckt als alles fertig war und in der großen Wohnküche der Kaffee dampfte. Auf dem Tisch stand eine Vase mit frisch gepflückten Korn- und Mohnblumen. Ein paar der Mohnblumen waren noch nicht vollständig aufgeblüht und ließen ihr zartes Hellrot nur durch einen Spalt erkennen.
Die Kommissarin hatte das erste Live Album des Jazz-Saxophonisten Jan Garbarek aufgelegt, das er in Dresden im Schlachthof mit Manu Katche, Rainer Brüninghaus, und dem neuen E- Basser Yuri Daniel aufgenommen hatte. Schwebende Klanglandschaften legten sich über den reich gedeckten Frühstückstisch.
Im Kommissariat angekommen, jede der Damen war mit dem eigenen Auto gefahren, gingen sie in ihre Büros. Helga setzte sich auf den orangefarbenen Ledersessel und schaltete den Computer ein. Der Chef hatte gemailt. Scheiß Technik. Diese Mails hatten es manchmal in sich. Helga las: Sehr geehrte Frau Reitemich, bitte kommen Sie um 08.30 Uhr zu mir zum Rapport! Mit freundlichem Gruß – Rüdesheimer.

Rüdesheimer war ein Arschloch und das, so fand Frau Reitemich, war noch liebevoll ausgedrückt.
Hoch- und weggelobt, bis man dort landet, wovon man endgültig keine Ahnung mehr hat.
Er war von der Sitte zu einer Spezialeinheit wegbefördert worden, die sich mit der Kooperation verschiedener kriminalistischer Dienste befasste. Es gab auch eine LKA und eine BND Verbindung.
Dort hatte man ihn auch nicht lange behalten und so war er schließlich vor einem Jahr, als die Leitung des Kommissariats vakant wurde, bei der Mordkommission gestrandet.
Er war einer von der Sorte, die einem alles erklärten, auch wenn man es selber schon zwanzig Jahre länger und besser machte. Delegation und Vertrauen waren zwei absolute Fremdwörter für den. Auf jeden Fall konnte er einem die Arbeit so richtig versauen, also gute Mine zum bösen Spiel aufsetzten. Sie hatte noch fünfzehn Minuten Zeit und holte sich einen Kaffee und zündete, ganz gegen ihre Gewohnheit, am Vormittag nicht zu rauchen, eine Zigarillo an.
Jetzt erinnerte sie sich an den Vorfall vor einem halben Jahr, als ein Transporthubschrauber der Bundeswehr abgestürzt war. Seltsam, dass es damals zwei weibliche Leichen zu viel gegeben hatte.
Rüdesheimer hatte es dann geschafft, dass der Fall viel zu schnell abgeschlossen worden war.
Sie durfte damals nicht weiter ermitteln. der Fall wurde ans LKA und von dort aus an die Militärpolizei weitergegeben. Der so genannte Hubschrauberpuff geriet unter strikte Geheimhaltung.
Fr. Reitemich hatte damals noch mit einem Oberst Henschel, vom Hubschrauber Geschwader Forchheim der Bundeswehr gesprochen. Ein richtig arroganter Schnösel. Der hatte zwar eins auf besonders nett gemacht, die Dame hier, die Dame dort, aber er hatte rundweg

geleugnet, dass die zwei toten jungen Frauen etwas mit dem Hubschrauberabsturz zu tun hatten. Wenn es denn tatsächlich zwei spärlich bekleidete weibliche Leichen am selben Ort gegeben haben sollte – reiner Zufall. Und sie tauchten auch in keinem offiziellen Bericht mehr auf. Dafür hatte Oberarschloch Rüdesheimer schon gesorgt. Zwei Kofferträger von der Hardthöhe hatten dann das endgültige Siegel der Verschwiegenheit auf alles gelegt. Den Fall Hubschrauberpuff hatte es nie gegeben. Die Flasche fünfundneunziger Grand Dame, die sie vom Unfallort, in einem unzugänglichen Wäldchen damals mitgehen hatte lassen, lag immer noch bei ihr zu Hause im Keller.

Sie klopfte an und trat ein. Auf das „Herein" hätte sie umsonst gewartet. Wie immer tat er sehr geschäftig und hatte eigentlich keine Zeit für sie. Nach den obligatorischen Minuten der Nichtbeachtung kam dann doch: „Ah, Fr. Reitemich, bitte berichten sie mir in aller Kürze von ihrem neuen Fall!"

„Tja, die Spurensicherung ist noch nicht abgeschlossen, wir ermitteln in alle.." „Sie wollen doch nicht sagen, dass es überhaupt noch keine Anhaltspunkte gibt? Denken sie doch mal einen Augenblick darüber nach, was ihre Ermittlungsgruppe den Steuerzahler kostet. Sie wissen doch, dass gerade ihre Gruppe personell überbesetzt ist."

„Herr Rüdesheimer, sie wissen doch, ich weiß es sehr zu schätzen…"

„Fr. Kommissarin, bitte kommen sie endlich zur Sache! Was können sie mir über die Tote vom Forchheimer Zwiebeltürmchen sagen?" „Nun wir haben auf der Leiche fremdes Blut. Woher das stammt werden wir heute noch erfahren. Sie muss aus großer Höhe heruntergefallen, und zufällig genau auf der Spitze gelandet sein. Kurz vor ihrem Tot wurde ihr ein Brandzeichen auf die Arschbacke gebrannt."

„Was denn für ein Brandzeichen bitte?"

„Einen kleinen Hubschrauber, Hr. Rüdesheimer?" entfuhr es der Kommissarin unwillkürlich, wie ein zu schneller Furz. Ihr Chef verschluckte sich und musste husten.
„Das ist doch nicht ihr Ernst! Ich verbitte mir diese Anspielungen, auf Gott sei dank, abgetragene Sachen. Ich habe mir schon gedacht, dass sie blödsinnige Verbindungen zu dieser Hubschraubersache herstellen. Fr. Reitemich, ich warne sie und zwar nur einmal. Lassen sie diese alte Geschichte endlich ruhen oder sie bringen uns alle in des Teufels Küche. Ich habe überhaupt keine Lust, mich wieder mit Leuten von der Hardthöhe unterhalten zu müssen. Die denken dann, ich hätte meinen Laden überhaupt nicht im Griff. Ich hoffe wir haben uns verstanden?"
„Jawohl Hr. Rüdesheimer, wir haben uns verstanden. Aber sie müssen doch zugeben…"
„Fr. Kommissarin, wenn sie bleiben wollen was sie sind, dann lassen sie unsere Bundeswehr da raus. Unter uns gesagt, und sie wissen sowieso bescheid, würde ich sie lieber heute als morgen suspendieren, also geben sie mir einen Grund! Alles klar?"
„Alles klar, Hr. Rüdesheimer!" sagte die Kommissarin. Nur noch raus und weg. Fort von diesem aufgeblasenen Papiertiger.

Teamzeit

Es war schon ziemlich warm für diese Tageszeit. Am Abend blieb es wieder lange hell. Ende Juni wurden die Tage ja schon wieder kürzer. Die Logik der Sommerzeit hatte sich ihr nie erschlossen. Die Fenster im kleinen Konferenzraum standen offen, die Jalousien halb herunter gelassen.
Fr. Reitemich erzählte dem Team, alle waren anwesend, von ihrem Chefbesuch in der oberen Etage.
Gleich zu Anfang, als klar war, dass Fr. Reitemich von Rüdesheimer kam, hatte es Goppenweihler sich nicht

nehmen lassen, hinter seiner Chefin zu stehen, um ihr Nacken und die Schultern zu massieren.
Hysen tat es Goppenweihler gleich und massierte den Computerarbeiter Liebstöckel.
„Also meine Lieben, bis auf die nichts versprechende Spur, die von Rüdeschweiner verlegt worden ist, haben wir ja wirklich nicht viel zu bieten", schloss die Kommissarin ihren Bericht.
Hysen beendete seine Körperarbeit an Liebstöckl und sagte: „Eigentlich könnte man sich doch gut vorstellen, es wäre wieder ein kleines Hubschrauberpuff Malheur passiert."
„Schaut verdammt danach aus. Aber ihr wisst ja, wie wir damals gestrandet sind. Aalglatt, dieser Oberst Henschel Kontaktoffizier des Hubschrauberstandorts. Alles einfach zugeschüttet, wie der Sarkophag von Tschernobyl. Vielleicht geht`s ja wirklich weiter. Diesmal können sie sich nicht so schnell einschalten, weil zunächst nichts auf sie weist",
meinte Fr. Reitemich.
„Aber wie willst du da ermitteln, mit einem Rüdesschweiner Kontakt- und Kommunikationsverbot?" fragte Liebstöckel. „Also gut", sagte Fr. Reitemich, „wir dürfen uns natürlich auch nicht von vornherein festlegen. Wir müssen in alle Richtungen ermitteln."
Da ratterte das Faxgerät. Liebstöckel nahm die Meldung heraus und las vor. „Von der Sitte aus Bad Weilersheim. Die haben ein bisschen für uns interviewt und ein Zuhälter glaubt sie zu kennen."
„Das ist ja mal ne gute Nachricht, da müssen sofort zwei von uns hin", sagte die Kommissarin.
„Hysen und ich werden uns heute Nachmittag darum kümmern", meinte Goppenweihler.
„Geht in Ordnung", sagte Helga Reitemich, wählte die Nummer der Gerichtsmedizin und drückte die Mithörtaste.

„Gerade wollte ich dich anrufen, ob du nicht vorbeikommst und dir die Ergebnisse der Blutuntersuchungen abholen willst". Sunyboy war dran. „Heute nicht, wir haben´s eilig. Sag schon was du rausgefunden hast". „Na gut du Spielverderberin. Es ist Hühnerblut, genauer gesagt ist es das Blut von zwei Hähnen". Sunyboy klang ein bisschen betrübt. Die Kommissarin fragte nach, ob sonst noch etwas Neues aufgetaucht war. „Sie ist auf jeden Fall gefesselt worden, bevor sie aus der Luft kam, und sie hatte zuvor Geschlechtsverkehr. Auf ihrem Arsch haben wir Spermaspuren gefunden. Das riecht nach richtig viel Arbeit für euch. Ich hoffe ich konnte euch etwas erheitern", sagte er noch, dann legte er auf.
„Das könnte mit dem Brandzeichen zu tun haben", meinte Hysen. „Ihr wisst schon, der Chiantihahn. Er bespritzt sie mit dem Blut zweier Hähne, drückt ihr das Brandzeichen auf den Arsch und ab geht die Luftpost", sagte Hysen.
„Du hast den Geschlechtsverkehr ausgelassen. Den muss es zwischendurch auch noch gegeben haben. In der Mitte, davor oder danach", sagte die Azubine.
„Also ich glaube, er hat sie mit dem Hühnerblut vollgespritzt, dann mit seinem Samen, zum Abschluss das Brandzeichen, sozusagen als Briefmarke, und dann, die Luftpost aufgegeben", meinte die Kommissarin abschließend.
„Klingt als wärst du dabei gewesen. Wenn ihr mich fragt, ist das ganz schön pervers", meldete sich Goppenweihler zu Wort. „Es sieht nicht nach einem Unfall, einem Versehen aus, sondern nach einer Inszenierung, fast schon nach Kunst", meinte Hysen und handelte sich damit dümmlich, entrüstete Blicke seiner Kolleginnen ein.
„Wenn wir die Hubschrauberpufftheorie ins Spiel bringen, dann wäre auch an eine Art Unfall zu denken. Die feiern eine Orgie und setzen den Kick der offenen Tür, Ficken am

Abgrund oder so was noch oben drauf und die Frau fliegt aus Versehen davon", sagte Liebstöckel.
„Du vergisst das Brandzeichen. Ich glaube Hysen hat recht, es war eine Art perverser künstlerischer Inszenierung. Vielleicht hat er noch ein Foto von ihr gemacht, bevor er sie abgeschickt hat", sagte die Kommissarin.
Das Telefon der Kommissarin vibrierte und spielte den Bolero von Ravel. Als sie abnahm, meldete sich eine Polizeiinspektion, die zu ihrem Distrikt gehörte, eine weibliche Leiche im Trompetensee sei gefunden worden, hieß es.

Trompetensee

Angler hatten sie entdeckt, als sie mit ihrem kleinen Boot auf den See hinaus gerudert waren. Den kleinen Trompetensee hatte ein Fischereiverein der naheliegenden Kleinstadt gemietet. Der ausgeworfene Haken hatte sich in den Haaren der jungen Frau verfangen und sie zum Boot gezogen. Sie waren recht aufgeregt, als sie sahen, was da an ihrem Haken hing. Sie veränderten nichts, langsam und vorsichtig waren sie zu ihrem Steg in der kleinen Bucht zurückgerudert. Dort hatten sie ihr Boot mit dem grausigen Fund festgemacht und mit dem Handy die Polizei verständigt.
Die Kommissarin stand auf dem Steg und schaute über die Leiche hinaus auf den schönen, kleinen See.
Dies wäre die optimale Gegend für ihr schon lange gehegtes Vorhaben, sich, Rosa und Sunyboy zusammenzubringen. Sie bedachte gerade die Möglichkeiten, die der Platz bieten würde. Der Sandstrand, der kleinen, geschützten, schilfumrandeten Bucht, das Flachwasser rings um den Steg, der schöne, stabile Holzsteg selber, der sich mit ein paar Kurven nur knapp über der Wasserfläche ungefähr zwanzig Meter in den kleinen See hinein schlängelte. Sunyboy sollte es der

Azubine lange und so richtig besorgen. Sie wollte anfangs nur helfen, arrangieren und beobachten, wie sich die Geilheit ausbreitete. In ihr selbst und bei den zwei anderen Teilnehmern ihres Arrangements am Trompetensee.
Sie hatte die Azubine mit verbundenen Augen zum See geführt, ihr beim Ausziehen geholfen und sie dann mit ihrem knappen String langsam in den See geleitet.
Hier kam dann Sunyboy auf sie zu geschwommen und die Azubine bekam das erste Mal Kontakt mit vier fremden Händen und zwei geilen Zungen. Dann führten sie Rosa langsam aus dem See auf den Steg auf die große pralle Luftmatratze. Daneben hatte Fr. Reitemich ein kleines Tischleindeckdich vorbereitet mit wunderbar leichtem, kalten Rose und großen grünen Oliven. Die Azubine wurde gestreichelt, massiert und gefüttert. Sie bekam abwechselnd Wein, der aus dem Mund über ihre Brüste rann, Zungen und über die Zungen Oliven zu kosten.
Fr. Reitemich ölte Körper und Füße der Azubine gut ein während die schon den dicken Sack von Sunyboy ableckte und sich abwechselnd Eier und Oliven in die Backen schob.
Dann leckte sie den Schwanz, berührte ihn aber nicht mit den Händen. Sie lies ihn an ihren Lippen vorbeiflutschen und ab und zu in ihre Backen gleiten.
Frau Reitemich hatte ihren Massagestab mitgebracht und fing an, die Nippel der Azubine leicht zum Vibrieren zu bringen, massierte dann die Fußsohlen und glitt die Innenseite der Oberschenkel hinauf bis zur Scham. Die Azubine stöhnte und erwartete die endgültige Eroberung ihrer Spalte. Fr. Reitemich lutschte den Vibrator, bevor sie anfing die Azubine, die schon sehnsüchtig darauf gierte, mit dem großen Teil zu ficken.
Sunyboys Teil war inzwischen hart wie Stahl und es war an der Zeit, die Positionen zu wechseln. Fr. Reitemich führte die Azubine direkt über den Pflock, der sich inzwischen mitten auf der Luftmatratze erhob und dieser glitt

problemlos in die Azubine hinein. Fr. Reitemich platzierte sich so über Sunyboys Gesicht, dass er sie gut lecken konnte. Von dort aus massierte sie die Nippel der Azubine und schob ihr ab und zu eine Olive aus ihrem Mund mit der Zunge in die Backen. Die Oliven waren kernlos und mit einer angenehm würzigen Kräuterpaste gefüllt.
Zeit für mehr Wein. Fr. Reitemich nahm ihren Platz wieder ein und gab Rosa so zu trinken, dass es ihr über die Brüste, über den Bauch auf die Scham lief. Dann hob sie Rosa kurz zu sich hoch, wusch den prallen Schwanz mit Wein, wichste ihn heftig und blies ihn ein bisschen, um ihn dann wieder in die wartende Azubine gleiten zu lassen.
Dann nahm sie Rosa von ihrem Pflock, legte sie auf die Luftmatratze, den Kopf auf den dicken Rand und kam langsam von oben auf sie heruntergerutscht. Zuerst ein langer Zungenkuss, dann die Nippel und schließlich lies sie sich herunter gleiten, bis ihr Gesicht in den Schenkeln der Azubine steckte, ihre eigene Scham presste sie auf Rosas Mund, die ihre Zungenspitze über den Kitzler der Kommissarin flippen ließ.
Sunyboy verteilte Rose, den er schluckweise durch die Arschbacken der Kommissarin, der schleckenden Azubine zu trinken gab. Er nahm den Massagestab und unterstützte die Bemühungen der beiden Damen mit sanften Vibrationen der Stabspitze. Er stieg mit den Füssen von oben über die Luftrolle und schob langsam seinen dicken Schwanz in die lustvoll stöhnende Kommissarin. Fr. Reitemich hielt kurz inne und verdrehte die Augen. Vor Rosas verbundenen Augen baumelten die Klöten des Gerichtsmediziners, der ab und zu eine Pause machen musste, um nicht zu früh aus dem Rennen zu sein. Fr. Reitemich hatte jetzt den Massagestab an sich genommen und verwöhnte die Azubine, während sie selber wieder in den rauschartigen Genuss der Künste des Gerichtsmediziners kam.

Jetzt war Rosa an der Reihe. Fr. Reitemich drehte die Azubine auf den Bauch und leckte sie schaumig. Dann wurde sie so auf Sunyboy platziert, dass Fr. Reitemich abwechselnd mit ihrem Massagestab und ihrer Zunge noch gut dazu arbeiten konnte.
Kurz bevor es soweit war, holte sie den Prügel wieder ans Sonnenlicht und…
Der Steg erzitterte ein wenig und Fr. Helga Reitemich erwachte aus ihrem herrlichen Tagtraum. Zwei Polizisten in Ganzkörpergummistiefeln hatten die Wasserleiche vor die Füße von Fr. Reitemich fallen lassen.
Sunyboy war auf einmal da und sagte: „Dann wollen wir sie uns mal anschauen, Helga, oder hast du gerade was anderes vor"? Fr. Reitemich ging zusammen mit Sunyboy in die Kackhocke und sofort fiel ihr die Ähnlichkeit mit der Frau vom Zwiebeltürmchen auf. Dieselbe Machart sozusagen. Die Wasserleiche trug schwarze Reizwäsche.
„Sie schwimmt seit ungefähr drei Wochen im Wasser. Woran sie gestorben ist, sag ich später, ok"?
„Ok Herr Gerichtsmediziner". Die Kommissarin hatte sich inzwischen leichte Gummihandschuhe übergestreift.
„Drehen wir sie mal auf den Bauch und schauen ihr mal unters Höschen". Mit vereinten Kräften gelang es ihnen die Frau in die Bauchlage zu rollen. Fr. Reitemich zog ihr den Slip zur Seite hoch. Da war nichts. Dann zog sie ihn über den Arsch nach unten. Auf der anderen Arschbacke kam er zum Vorschein. Ein vom langen Baden etwas verwaschener Chiantihahn.

Bad Weilersheim

Ein Kurort mit Spielkasino. Hysen und Goppenweihler hatten keine Schwierigkeiten gehabt und waren der weiblichen Stimme ihres Navigationssystems direkt vor die Haustür des Bordells gefolgt. Sie wurden bereits erwartet, eine Empfangsdame überprüfte ihre Dienstausweise, nahm ihnen Knarren und Handys ab, und führte sie dann die breite Treppe in die belleetage der geräumigen Villa in das Büro des Managers. Dieser blickte hinter seinem riesigen Schreibtisch vom Computerbildschirm auf und begrüßte die zwei Polizisten herzlich mit Handschlag. Durch die Gegensprechanlage orderte er für jeden einen Cappuccino. „Kommen sie, nehmen sie doch Platz", sagte der Manager mit leichtem russischem Akzent. Goppenweihler und Hysen machten es sich in zwei großen schwarzen Ledersesseln bequem. „Mein Name ist Igor Roskolnikow. Ich bin der Chef hier und sozusagen Filialleiter in Bad Weilersheim. Unsere Firma ist in fast allen bedeutenden Kurstätten in Deutschland und europaweit zu Hause. Ich glaube die Dame, die sie gefunden haben hat für uns gearbeitet". Herr Roskolnikow schob den beweglichen Bildschirm so weit zur Seite, dass die zwei Ermittler ihn gut sehen konnten. „Wir haben von allen bei uns angestellten Damen die Personalien und auch ein Bild in unserer EDV", sagte Roskolnikow; auf einen Mausklick erschien das Porträtfoto einer hübschen, jungen Frau auf dem Bildschirm. „Sonia Gier aus Rumänien meine Herren". Die Tür ging auf, der Cappuccino wurde gebracht und serviert. Was da über dem Kaffeetablett offeriert wurde, war ein echter Hingucker. Den beiden Ermittlern lief unwillkürlich ein kleiner Schauer über den Rücken und direkt in die Hose. Die rassige Servicedame trug einen leichten, schwarzen, enganliegenden Seidenanzug mit einem Dekolletee der Stufe zehn auf der Richterskala. Unter ihrer durchsichtigen Seidenhose konnte man einen schwarzen String erkennen, der oben in der Mitte von einem türkisblauen Spangenoval gehalten wurde. „Können sie uns dieses Bild mailen, Herr Roskolnikow? Hier ist unsere Adresse. Herr Liebstöckel, unser Innendienstermittler wird es dann mit den Bildern der Toten vergleichen".

„Natürlich mache ich das für sie. Wir haben sie schon sehr vermisst, unsere Frau Krier, wenn ich es einmal so sagen darf, meine Herren. Sie müssen wissen, die jungen Damen arbeiten alle gern bei uns, werden großzügig bezahlt und haben vielfältige Aufgaben".
„Darf ich dann mal rein aus beruflichem Interesse fragen, was da alles dazugehört"? fragte Goppenweihler.
„Ja natürlich dürfen sie das wissen, meine Herren", sagte Igor Roskolnikow und strahlte sie mit phosphoreszierenden, blauen Augen an. „ Schauen Sie, ich habe die Firma vor ungefähr zehn Jahren übernommen und war sehr darum besorgt unser kleines Unternehmen aus der Schmuddelzone zu bekommen. Wir bieten nicht nur besonderen Sex und Erotik, sondern auch einen Begleitservice auf höchstem Niveau, auf Wunsch mit Dolmetschen für technische oder wirtschaftliche Gespräche, sogar für Rechtsauskünfte. In unserer Bar läuft Charlie Haden und Nils Landgren, wenn nicht gerade live gespielt wird und über die Hälfte unserer Kunden hat ein Jahresabonnement bei den Symphonikern und ein Handicap beim Golfen. Wir schützen unsere Kunden vor den Paparazzi und sind hier genauso gut wie ein Fünfsternehotel auf der Halbinsel Sirmione. Wir haben uns darauf spezialisiert ästhetisch, sinnliches Vergnügen mit Businessanforderungen auf höchstem Niveau zu verbinden".
Goppenweihler und Hysen mussten unwillkürlich schmunzeln. „Auf unserer Speisenkarte, die sich wöchentlich ändert, so wie das Leben und die Jahreszeiten steht heute zum Beispiel ein Kapaun aus biologischer Haltung auf Jahreserstlingskartoffeln mit Lollo - Rosso Eichblattsalat. Dazu können sie vom Champagner über exklusive, zur Zeit angesagte Proseccos, beste Weißweine oder Roseweine bestellen. Danach Caciocavallo oder Scamorza zu bekommen ist kein Problem. Meine Herren, was ich so eindringlich schildere,

ist einfach nur, dass ich nichts vor Ihnen zu verbergen habe. Dafür bitte ich sie aber sehr um Diskretion. Diskretion ist nämlich neben Exklusivität und Professionalität sozusagen unser drittes Qualitätsmerkmal. Ob sie es mir glauben oder nicht, wir lassen unsere Dienstleistungen auf allen Ebenen evaluieren, denn der Kunde ist bei uns König". „O.k., Herr Roskolnikow, alles legal, alles auf höchstem Niveau, ein gut austarierter Angebotsmix für Manager, Direktoren, finanzkräftige Künstler und glückliche Unternehmer", meinte Goppenweihler sinnierend, nachdenklich, schwärmerisch und auch ein bisschen neidisch. „Das kann man so sagen. Ich mache nur Ausnahmen, wenn jemand wirklich gut ist, aber trotzdem finanziell nicht den eigentlich verdienten Erfolg hat. Unsere Damen begleiten nicht nur auf Kongresse, sondern auch ins ortsansässige Spielkassino, zum Golfen, in den Urlaub, zum Skifahren oder auf die Yacht. Wir hatten sogar schon mal eine Treibjagdbegleitung mit anschließender Hüttenparty".

Eine Mail kam an. Es war die Nachricht auf die sie gewartet hatten. Gleichzeitig klingelte das altmodische Telefon mit Wählscheibe auf dem großen Schreibtisch. Roskolnikow nahm ab und freute sich über die Anfrage eines Wirtschaftssekretärs aus dem Bundesfinanzministerium, der eine Besuchergruppe für die nächste Woche anmeldete. Liebstöckel hatte gemailt und es handelte sich tatsächlich um Frau Sonia Gier aus Rumänien. Roskolnikow öffnete einen Anhang und es erschien das Bild der Toten aus dem Trompetensee. Herr Roskolnikow kannte sie aber nicht. Es war noch die Wohnung von Frau Gier zu durchsuchen, auch ihre Eltern in Rumänien mussten benachrichtigt werden. „Herr Roskolnikow, wie sie sich denken können, brauchen wir nähere Informationen, was Frau Gier im Einzelnen für wen gearbeitet hat. Wir müssen ja den Mord an ihr aufklären, das ist unser Job, den wir auch gerne und professionell ausführen wollen", sagte Hysen. Herr Roskolnikow setzte seinen Cappuccino ab und holte sich, aus einem mit Korken verschlossenen Glaszylinder eine kleine Zigarre heraus und zwickte die Spitze ab. Dann blickte er etwas verunsichert und entschuldigte sich bei Hysen und Roderich, weil er ihnen keine angeboten hatte. Beide Beamte nahmen das Angebot gerne an, einmal dreißig Euro in die Luft blasen zu können.

„Sie haben natürlich recht meine Herren und sie werden von meiner Sekretärin Frau Maier eine Auflistung der Tätigkeiten von Frau Gier des letzten Vierteljahres erhalten, wenn sie mir im Rahmen ihrer Möglichkeiten Diskretion zusagen". „Nun solange sich keine Umstände ergeben, die ihr Haus direkt mit dem Mord in Verbindung bringen, können wir sie aus der Sache heraushalten", versicherte Goppenweihler und blies einen kleinen Ring durch einen großen, die beide langsam durch das Zimmer schwebten. „Das nenne ich echte Kooperation, eine Win – Win Situation sozusagen. Haben sie vielleicht noch irgendwelche Wünsche bezüglich unseres Dienstleistungsangebots? Vielleicht ein erfrischendes Bad in unserem Pool im hinteren Bereich der Villa? Wir haben da einige Lustgrotten, Wasserfälle, mittelalterliche Wasserspeier und wenn man untertaucht hört man Elina Garanca Bel Canto singen. Sie hätten natürlich auch Begleitung und eine herrliche Massage wäre doch gut, vor der Rückfahrt im Auto".

Goppenweihler schaute ratsuchend auf seinen Kollegen, der die Initiative ergriff.

„Naja, einer kleinen Erfrischung dieser Art steht wirklich nichts im Weg, oder was meinst du Roderich"? Der Kollege grinste zufrieden und nahm einen ausgiebigen Zug, der die Cohiba wieder ein Stückchen sterben lies.

„Meine Sekretärin, Frau Maier versorgt sie mit den dienstlichen Informationen und führt sie dann anschließend in den Außenbereich der Villa Weilersheim.

Ich wünsche ihnen einen angenehmen und belebenden Aufenthalt meine Herren. Wenn sie noch etwas benötigen sollten, lassen sie es mich wissen, ich helfe gerne.
Auf Wiedersehen, und das meine ich wirklich so".

Pathologie

Sunyboy und Helga Reitemich standen vor dem metallenen Rolltisch auf dem die Nummer zwei mit Chiantihahn lag. Es stand inzwischen fest, dass sie ungefähr zwei Wochen vor Sonia Gier gestorben war. Auch sie war aus großer Höhe gekommen und auch auf ihr hatte Suniboy Spermaspuren und das Blut von zwei Hähnen nachweisen können. Ihr kleiner String Slip enthielt davon geringe Reste, trotz des langen unfreiwilligen Bades.
„Ich muss mir diese Hubschrauberstaffel mal genauer betrachten", sagte Frau Reitemich zum Pathologen und blies den Qualm ihres Cigarillo über die vor ihr auf dem Rolltisch liegende Leiche. Sie hatten sich die Nasenlöcher ordentlich mit Minze Vaseline zugeklebt. Ekaterina Siurina sang gemeinsam mit Elina Garanca und Matthew Polenzani „In questi estremi istanti". Der Pathologe hatte eine super Anlage in seinen Arbeitsräumen installiert, so dass man meinen konnte im Konzertsaal zu sein.
„Du bekommst höchstens eine Einladung zum Tanztee mit Oberst Henschel, wenn überhaupt. Und außerdem hast du mir ja erzählt, was Oberarsch Rüdesheimer von deiner Intuition hält, also halte dich lieber zurück, meine Liebe". Sunyboy deckte die Tote wieder zu und schob den Rollwagen in Richtung der großen Kühlfächer.
„Da ist trotzdem gerade weibliche Intuition gefragt. Und außerdem kreative Hingabe an den Beruf, aus Berufung sozusagen. Die machen am nächsten Samstag einen inoffiziellen Table Dance Wettbewerb. Ich habe rein zufällig Wind von der Sache bekommen. Rosa und ich

werden teilnehmen und tanzen. Dann sind wir schon mal drinnen in der Höhle des Löwen. Alles andere wird sich dann ergeben".

„Fast so tragisch wie hier bei Gaetano Donizetti, meine Liebe, bloß auf einem ganz anderen Niveau. Aber ich werde kommen und dich retten. Außerdem weißt du doch gar nicht wonach du suchen sollst und wie kommst du dann überhaupt in den Hangar, oder wird unter den Rotoren gestrippt? Das hätte dann wieder was".

„Ich kenne die männliche Psyche gut genug, um zu wissen wann sie alles andere vergessen. Stell dir vor ich offeriere ihnen Rosa und mich, aber nur und ausschließlich in einem Kampfhubschrauber. Würdest du uns den Hangar aufsperren, oder könntest du wieder stehen"?

„Ich muss gestehen, dass könnte klappen, aber wonach willst du dann suchen? Blut und Sperma"?

„Nein, nicht nach Blut und Sperma. Ich suche eher nach Ungereimtheiten in der männlichen Psyche, in der Bereitschaft und in der Praxis, O.k.? Und außerdem ist alles schon arrangiert. Wir werden bei der Auffahrt zum Standort ausgetauscht. Keiner wird was merken. Zwei durchgeknallte Tabeltänzerinnen, die unbedingt mal im Kampfhubschrauber durchgefickt werden wollen. Ich finde das ist eine unschlagbare Idee.

Der Außenwellnessbereich

Zwei große teichförmige Wasserbecken waren durch ein Wassergrabenlabyrinth miteinander verbunden. Hier schoss das Wasser förmlich durch, man konnte sich von Teich zu Teich und wieder zurück schießen lassen. Am Rand der Becken gab es Felsenkulissen, Wasserfälle und dahinter Grotten. Alles war mit großen Farnen und Palmen dekoriert und man wusste wirklich nicht, was davon echt war. Im Wasser trieben mehrere große Liegelandschaften. Am Rand der Becken und in den Grotten gab es Schalen im Wasser, auf denen man sich durch Luft- und Wasserdüsen massieren lassen konnte. Hier war nichts kaschiert. Hier war alles für einen schönen Fick und zum Aufgeilen eingerichtet.

Die ihnen zugewiesenen Damen waren schön dickbrüstig und auch sonst eher gut gewachsen, als zu dünn. Die weißen Bikinis mit schwarzen Floralmustern waren knapp geschnitten und ließen die muskulösen Ärsche gut zur Geltung kommen. Goppenweihler und Hysen waren mit flauschigen Bademänteln und großen schwarzen Badetüchern ausgestattet worden. Mit einem großen Eiswhiskey hatte man sie und ihre Begleiterinnen nach draußen entlassen. Von der großen Bar aus ging es durch eine gläserne Schiebetür auf einen langen Holzsteg hinaus und abwärts zu der Zweibeckenpoollandschaft, die von bequemen Liegen umstellt war. Das graue Holz fühlte sich an den Füßen warm an. Die angrenzenden Kiesrabatten waren sauber gerecht. Kleine bunte Felsstücke umrandeten japanische Ziergehölze,
 als Zentren der Rabatten. Hier und da sah man Gäste mit Drinks in der Hand, die aneinander herumspielten. Man wusste nicht, ob es sich um Kundschaft oder ein arrangiertes Szenario handelte. Eine der Luftinseln war von einer dicken weißen Frau besetzt, die sich von zwei großen dunkelhäutigen Rastas verwöhnen lies. Schräg gegenüber saß ein älterer Mann auf einer Liege und beobachtet das Treiben mal mit und mal ohne ein extra dafür aufgestelltes Teleskop. Dann widmete er sich wieder seinem Laptop und lies sich einen Drink bringen.

Hysen stand vor seiner Begleiterin im brusthohen Wasser. Die hielt sich mit den Armen und mit ihrem Kopf am Beckenrand fest und mit ihren Füssen machte sie ganz spezielle Übungen, bis es Hysen nicht mehr aushielt und er ihr näher rückte.

Goppenweihler hatte es sich unterdessen mit seiner Begleiterin in einer der Sprudelgrotten gemütlich gemacht. Im Flachwasserbereich lies er sich den Arsch von Luft und Wasser massieren, während sein Massagestab ordentlich verwöhnt wurde. Hysen und seine Begleitung mit den langen schwarzen Rastazöpfchen, von türkisfarbenen Perlen durchsetzt, schwammen in die Grotte, um zu sehen, was die anderen zwei so trieben. Dann blieben sie im brusthohen Wasser neben Goppenweihler und der auf ihm sitzenden Begleiterin stehen. Goppenweihler machte ein paar Situps um an den herrlichen Nippeln zu saugen. Hysen hob seine Begleiterin auf den Rand des Flachwasserbeckens und schob sich zwischen ihre Beine. Alles passte ohne Anstrengung. Irgendwann rutschte Goppenweihler von hinten an Hysens Begleitung, massierte ihre Titten und schmeckte ihre Zunge. Dann glitt er mit Ihr zu Hysen ins Wasser und sie nahmen die Frau in ihre Mitte. Fast hätten sie sich vergaloppiert, besannen sich aber gerade noch rechtzeitig darauf, auch der zweiten Begleiterin gerecht zu werden. Die wollte auf Hysen liegen und Goppenweihler musste sie zusätzlich verwöhnen Als er in sie eindrang saugte er an ihrem linken großen Zeh; als es ihm kam, biss er sie zärtlich in die Fußsohle.

Ballon fährt man

Er hatte sie im Spielkasino aufgerissen. Sie war nicht für den Begleitservice gekommen, sondern privat. In der Lounge hatte er ihr einen Campari ausgegeben und sich vorgestellt.
„Gestatten, Hugo von Taten"! So was kam immer gut an. Adel in Verbindung mit Eloquenz und der Einladung zu einer Ballonfahrt mit gekühlten Köstlichkeiten.
Sie war wie geschaffen für seine Sammlung. Sie fügte sich nahtlos ein, in seine Galerie der Aktionskunstfotografie. Der Weg war das Ziel. Er war mehr prozess- als ergebnisorientiert. Aber seine private Sammlung der

Gemälde, die er von den Vergrößerungen der Sofortbildkamera Bilder abmalte, war doch sein wertvollster Besitz.
Sie sind nur ihm und seinem Butler in der Bibliothek des Hauses zugänglich gewesen. Dort hingen nun bereits vier Bilder, die in den letzten zwei Jahren entstanden sind, und er hatte vor, die Sammlung zu erweitern.
Dabei wusste er gar nicht so genau, was schöner war. Die Bilder nach der Aktion, oder als Teil der Aktionskunst, mit der Sofortbildkamera zu machen, oder sie als Gemälde auszuführen.
Sie hatte rote Rastazöpfe und ihre Titten waren dick und trotzdem elastisch. Der Arsch kam in ihrem dunkelroten Cocktailkleid gut zur Geltung, ging der Rückenausschnitt ja auch fast bis zu den Versen. Sting sang gerade „When we dance, Angels..." und der Champagner perlte im Glas.
Die Kanapees hatten sie schon verdrückt. Die Landschaft breitete sich unter ihnen aus. Bewaldete Bergrücken, so weit das Auge reichte. Eine sanfte Idylle, die nur ab und zu vom Geräusch der Feuerstöße unterbrochen wurde.
Sie umarmten sich und knutschten wild drauf los. Sie war durch das herrliche Ambiente, den reichen geilen Mann, den Champagner, das wunderbare Wetter und die Feuerstöße, die ab und zu den Korb durchfuhren, unheimlich scharf geworden. Sie glitt an ihm herab, öffnete die Gürtelschnalle, den Hosenknopf und den Reisverschluss und zog die Hose herunter. Dann glitt ihre Hand über die Seide seiner Boxershorts. Er lehnte am Korb und ließ sie gewähren. Sie schlüpfte geübt aus dem Kleid. Ohne ihre Hände zu benutzen, massierte sie seinen Schwanz mit ihrer Zungenspitze und lies ihn dann tief in ihre Backen rutschen. Sie genoss es zu sehen, wie die Speichelfäden in der Sonne glänzten. Dann holte sie ihre dicken Titten aus den Schalen und massierte sie sich selber beim Schwanzlutschen.

Auf einmal wurde es ihr schwindlig, sie wurde richtig müde. Dann kippte sie vornüber, mit dem Kopf zwischen seine Beine. Er trank langsam und genussvoll sein Champagnerglas halb aus und schüttete den Rest über ihre Arschbacken. Er packte sie über die Schulter und stemmte sich hoch auf die Brüstung des Korbes. Vorsichtig arretierte er ihre Handgelenke und Fußfesseln in den dafür angebrachten Lederschellen. Nun zog er sich langsam ganz aus, holte den ersten Hahn an den Flügeln aus dem Jutesack und schlüpfte in sein Sicherheitsgurtsystem. Mit einem sehr scharfen japanischen Kurzschwert hieb er dem weißen Hahn gekonnt den Kopf ab, dessen Blut auf ihren Rücken spritzte, ihren Arsch und lief langsam die Beine hinunter, bis zu ihren Füßen. Als sich der weiße kopflose Hahn entleert hatte, holte er den zweiten, diesmal einen schwarzen Hahn aus dem Sack, hieb ihm ebenfalls den Kopf ab und sprang auf die Brüstung des Korbes. Dank seines Sicherheitsgurtsystems konnte er sich ohne Absturzgefahr auf dem Korbrand halten. Der schwarze Hahn spritzte sein Blut in das Gesicht und auf die Titten der festgezurrten Schönen und lief ihr über den Bauch und die Scham auf die Beine und bildete zusammen mit dem String und den Strapsen bizarre Linien in rot und schwarz auf der hellen Haut. Er warf auch den schwarzen Hahn hinunter, der bei seinem langen letzten Flug immer noch wild mit den Flügeln schlug. Die Wirkung des Narkotikums, das in ihrem Champagner war, lies jetzt schon wieder nach und als er von hinten in sie eindrang, war sie wieder bei klarem Bewusstsein. Als er auf ihrem Arsch gekommen war verschmierte er sein Sperma auf ihren Titten und in ihrem Gesicht. Er zog sich mit seinem Gurtsystem hoch zur Flamme, entnahm der Halterung ein Stempeleisen, lies sich wieder auf den Korbrand gleiten und drückte der Frau sein Brandzeichen, den schwarzen Hahn, auf die Arschbacke. Die Frau schrie wie eine Furie in die Einsamkeit der kühler werdenden Abendluft. Er sprang in

den Korb zurück, holte die Sofortbildkamera und machte zwei Bilder. Eins vom Korbboden und eins von oben, vom gegenüber liegenden Korbrand. Später würde er sich entscheiden, welches er malen würde.
Er stand im Korb und löste ihre Fußfesseln. Dann sprang er zu ihr auf die Korbbrüstung, umarmte sie von hinten, mit einer Hand ihre Titten knetend. Mit der anderen löste er ihre Handgelenksfesseln. Er drang noch einmal kurz und hart in ihren Arsch ein und mit dem zweiten Stoß gab er ihr den Abschied. Jetzt war es an der Zeit sich ab zu gurten, sich sauber zu machen und eine gute Zigarre zu einem noch besseren Glas Rotwein zu genießen.

Samstag

Heute Abend würde sie mit Rosa für die Offiziere und geladene Gäste des Hubschrauberstandortes tanzen. Sie hatten ein Stück von Willi de Ville ausgesucht auf das man gut strippen und an der Stange lutschen konnte; ihren verruchten Tanz d`amour hatten sie mehrmals geprobt. Sunyboy durfte zusehen, war davon richtig geil geworden und hatte Zugaben verlangt.
Fr. Reitemich benutzte ihre Mittagspause zum Joggen. Hier war sie für sich und konnte gut Belastendes und Normales miteinander vergleichen und tag- träumen. Es war fast so wie träumen in der Nacht. Sie mochte es sehr, wenn sich die ersten Tröpfchen Schweiß bildeten. Vor ihr auf dem neu planierten, weißen Waldweg brach plötzlich ein großer Habicht aus dem Wald heraus. Er hatte eine kleine Schlange im Schnabel und flog ein gutes Stück des Weges vor der Kommissarin her. Ein wirklich schönes Bild. Hatte das etwas zu bedeuten? Im alten Griechenland, kurz vor einem Feldzug hätte es ausgedeutet werden müssen. Wieder auf dem Kommissariat duschte sie und zog frische Unterwäsche an. Für das Nachschwitzen legte sie sich ein kleines dunkelblaues Handtuch über die Schultern. Die

Kommissarin aß ein Himbeerjoghurt und schaute in ihr Postfach. Zwei Fortbildungsangebote, die ihr Heiko Rüdesarschloch sowieso nie genehmigen würde und die nur pro forma weitergegeben wurden, eine neue Verfahrensanweisung bezüglich der Dienstwaffenverwahrungsverordnung und ein wunderschöner, altmodisch wirkender Brief. Dieser war ausdrücklich an sie persönlich adressiert und deshalb noch verschlossen. Heiko Arschloch hatte es nicht so mit dem Postgeheimnis. Sie lies sich in ihren Schreibtischsessel fallen, der Gott sei Dank Armlehnen hatte, schaltete den CD Player an und es ertönte „I`m all at sea" in einer Version von Jamie Cullum vom Album „Twenty something". Eine Hommage an die göttliche Ruhe. Jamie Cullum sang: „I`m all at sea, where no one can bother me."

Der Brieföffner aus Toronto tat seine Arbeit und sie fingerte einen Büttenpapierbriefbogen zum Vorschein, auf dem mit schwarzer Tinte „Für meine liebe Fr. Reitemich" stand. Dann folgte in einer zauberhaften, nach Märchen, Mythen und Fabeln duftenden Schrift, ein italienisches Schreiben in Gedichtform.

Fr. Reitemich schob eine neue CD in den Player. „Everybody wants to live together, why can`t we live together", in einer südamerikanisch angehauchten Version von Steve Winwood.

Helga war leider nie über ihre CDs für Anfänger und einen Italienisch VHS Kurs hinaus gekommen und musste von Anfang an passen. Unterzeichnet war der Brief mit „Canzoniere".

Ihre Neugier auf dieses Gedicht war mehr als nur geweckt. Auf dem Kuvert stand nur ihre Anschrift und auf der Rückseite über dem Verschlussdreieck war ein kleines Wachssiegel angebracht.

Es war ein schwarzer Hahn.

Ihr wurde auf einmal ganz schwummrig, lies Kuvert und Brief fallen, wie eine heiße Kartoffel.
Sie nahm eine Pinzette, buchsierte Brief und Umschlag in eine Plastiktüte und machte sich auf den Weg zur Gerichtsmedizin.
Dort machte sie zusammen mit Sunyboy den Laborassistenten gehörig Druck. Die Untersuchung und Übersetzung des Briefes hatte oberste Priorität.
Übersetzt war das Gedicht schnell, denn Sunyboy konnte gut italienisch:

„Es hob mich der Gedanke in ihre Kreise
Zu ihr nach der vergeblich geht mein Streben
Dort sah ich sie im dritten Himmel schweben...
Schön war sie wie nie, doch in minder stolzer Weise.
Sie fasste mich bei der Hand und sagte leise:
So michs nicht trügt werden hier vereint wir noch leben...
Ich bins die so große Kämpfe dir gegeben
Und die vor Abend beendet ihre Reise.
Mein Glück begreift kein menschlicher Verstand:
Dich allein erwart ich und meine schöne Hülle
Die da unten blieb – der Anfang deiner Liebe.
Ach warum schwieg sie und entzog sie ihre Hand?
Bei solcher liebreicher und keuscher Worte Fülle
War mir, als ob ich in dem Himmel bliebe."

Teamzeit

Alle waren anwesend und Fr. Reitemich las das Gedicht langsam vor. Auf dem Umschlag waren außer ihren Fingerabdrücken noch andere gesichert worden. Die konnten aber gut vom Postboten sein.
Graphologische Tests würden etwas über den Schreiber aussagen. Vielleicht könnte wenigstens festgestellt werden, ob es sich um einen Mann oder um eine Frau

handelte. Auch den Füllertyp konnte man vielleicht ermitteln.
„Also liebe Kolleginnen, was ist das für ein Wahnsinniger, und vor allem woher weiß er oder sie, dass ich in diesem Fall die Ermittlerin bin"?
„Ich glaube, dass wir einen Zufall ausschließen können. Es ist meiner Meinung auch klar, dass es sich um den oder die Täter in unserem Fall handelt. Das Briefsiegel mit dem schwarzen Hahn, das kann kein Zufall sein", sagte Herbert Liebstöckel und lehnte sich zurück.
„Die Frage ist wirklich woher das Schwein über dich oder uns bescheid weiß. Vielleicht hat er eine der zwei Fundstellen beobachtet"? meinte Rosa Deithard und schaute zornig.
„Er kann doch nicht die ganze Zeit da auf der Lauer liegen", schaltete sich Hysen Hasanaj ins Gespräch ein.
„Da muss es einen anderen Kanal geben", meinte Goppenweihler stand auf und ging zum Fenster.
„Vielleicht hat uns sogar Rüdesheimer verpetzt? Vielleicht hat der vorbeugenden Kontakt mit Oberst Henschel aufgenommen? Unter dem Aspekt finde ich euren Auftritt heute Nacht mehr als bedenklich". Goppenweihler sah wirklich sehr besorgt aus.
„Was wenn dieser Henschel heute Nacht auch mit von der Party ist und er erkennt dich wieder"? fragte Hysen.
„Das muss ich riskieren und außerdem denke ich, dass der offizielle Kontaktoffizier des Standortes sich bei solchen Belustigungen für die mittleren Chargen nicht blicken lässt".
„Du glaubst doch selber nicht, was du da sagst, aber wie wir dich kennen, lässt du dich sowieso nicht von deinem Tanztrip abhalten", sagte Hysen.
„Stimmt genau", meinte Rosa stellvertretend für ihre Chefin.
„Wenn wir schon so lange geübt haben, dann wollen wir auch die Lorbeeren einheimsen", sagte die Kommissarin.

„In Form von sabbernden, geilen Lustglotzern. Na dann viel Spaß dabei", meinte Goppenweihler und sah etwas beleidigt dabei aus.

„Apropos, sabbernde, geile Lustglotzer, wie war es denn in Bad Weilersheim"? wollte die Kommissarin wissen.

„Der Geschäftsführer heißt Igor Roskolnikow. Er war äußerst kooperativ", sagte Goppenweihler.

„Er hat uns eine Liste der Aufträge unseres ersten Mordopfers überreicht. Begleitaufträge, Massage- und Bumsgeschichten halt. Aber alles vom Feinsten. Spielkasino, Golfclub, Medizinerkongresse und Inhouse Stammkundschaft. Die Frau war ganz schön fleißig und Roskolnikow war echt traurig über ihr viel zu frühes Ableben. Aber er hat auch gesagt, die würden alle noch auf eigene Kappe dazu verdienen und diese Nebentätigkeiten werden auch akzeptiert, wenn sonst die Kappe passt", berichtete Hysen.

„Wir sind die Auftragsliste mal durchgegangen. Es gibt bis jetzt natürlich noch keine Namen und Adressen von Roskolnikow. Die leben von Diskretion und Anonymität. Also keine echte Spur, wenn ihr mich fragt", meinte Herbert Liebstöckel.

„Wir wissen wo und was sie hauptsächlich gearbeitet hat, aber natürlich nicht alles und es sah nicht so aus, als hätte Roskolnikow etwas mit unserer Angelegenheit zu tun, also Dreck am Stecken, meine ich", sagte Goppenweihler.

„Es könnte ja sein, dass es da noch ein lukratives privates Zubrot a la Hubschrauberpuff gegeben hat", meinte Rosa Deithard.

„Und du meinst, die sind so pervers, dass sie ihre Luftgespielinnen zum Schluss abstempeln und runterschupsen"? fragte Liebstöckel.

„Ich glaube das Brandzeichen und der Brief weisen in eine andere Richtung. Aber natürlich weiß ich auch von den Leichenfunden beim Hubschrauberabsturz. Vielleicht

könnt ihr zumindest die Hubschraubertheorie falsifizieren", meinte Liebstöckel und schaute auf Rosa und Helga.
„Hypothesen bauen und einstürzen lassen, bis die letzte noch steht und außerdem Herbert, wir werden unser bestes geben", sagte Rosa und lachte.
„Noch mal zurück zum Gedicht und zum Brief. Er schreibt zum Beispiel: Dort sah ich sie im Himmel schweben... Und die vor Abend beendet ihre Reise...Die schöne Hülle, die da unten blieb, usw... Das hat dieser Wahnsinnige doch selber gedichtet. Das passt doch wie die Faust aufs Auge, zu dem, was er tut, oder was mein ihr", die Kommissarin schaute in die Runde.
Da klingelte wieder das Telefon. Es war jemand aus der Gerichtsmedizin, das Gedicht sei hier von einer älteren, sehr belesenen Labormitarbeiterin erkannt worden, hieß es. Es ist aus dem so genannten „Canzoniere", einem Reigen von Francesco Petrarca, geboren 1304 in Arezzo und gestorben 1374 in Arqua, ein berühmter italienischer Dichter und Geschichtsschreiber.
Die Kommissarin ging mit ihrem Team ins Internet. Google, Petrarca, Canzoniere – und alle konnten über den Beamer vergrößert lesen:
Der Canzoniere, Originaltitel: „Rerum vulgarium Fragmenta", ist die Geschichte des inneren Lebens Petrarcas. Der Gedichtzyklus besteht aus 366 Teilen: 317 Sonette, 29 Lieder, neun Sextinen, sieben Balladen und vier Madrigale.
Im Großteil des Canzoniere geht es um die Liebe, ungefähr 30 Teile behandeln ethische, religiöse oder politische Themen.
Der Canzoniere zeigt uns die glühende, hingebungsvolle Liebe eines Zurückgestoßenen, der aber überzeugt ist, im Geheimen geliebt zu werden. Aus der Spannung verweigerter Erfüllung bei geheimem Einverständnis resultiert die Hingabe, das unaufhörliche Klagen und Verzagen, das Jubeln und Seligsein über die leisesten

Zeichen erwiderter Neigung, das Zweifeln und Verzweifeln und das Aussingen der eigenen Seelenregungen bis in die zartesten Verästelungen.

Am sechsten April 1327 sah Petrarca eine verheiratete Frau, die er Laura nannte. Der Eindruck wirkte derartig stark auf ihn, dass er sie zeitlebens verehrte.

Es ist jedoch auch möglich, dass die Begegnung mit Madonna Laura allein Petrarcas Phantasie entsprungen ist. Als Dichter fand er in Laura eine dauerhafte Quelle seiner dichterischen Inspiration.

Am 26 April 1336 bestieg er zusammen mit seinem Bruder den Mont Ventoux in der Provence. Da dies als die erste „touristische" Bergbesteigung dokumentiert ist, gilt Petrarca als Vater der Bergsteiger und einer neuzeitlichen Sicht auf die Natur.

Petrarca war ein Wegbereiter des Humanismus und als einer der größten Dichter Italiens. Sein Canzoniere, prägte inhaltlich und formal die europäische Lyrik der Renaissance.

Petrarca ist in Arqua – Petrarca nahe Padua begraben. Eine Überraschung erlebten Forscher im Jahre 2004 bei der Öffnung des Grabes. Der Schädel in dem Marmorsarg gehörte offenbar einer Frau. Mit hoher Wahrscheinlichkeit handelt es sich ansonsten um die sterblichen Überreste des Dichters.

Die Wissenschaftler wollen Klarheit gewinnen, ob er tatsächlich 184 cm groß war. Im Vergleich mit seinen Zeitgenossen wäre er ein Riese gewesen.

Lassen wir den Riesen selbst erzählen:

„Laura erschien meinen Augen zum ersten Mal in meiner ersten Jünglingszeit, im Jahre des Herrn 1327, am sechsten Tag des Monats April, in der Kirche der heiligen Klara zu Avignon. Und in derselben Stadt, im gleichen Monat April, auch am sechsten Tag, zur gleichen Stunde, jedoch im Jahr 1348, ist dem Licht dieser Welt jenes Licht entzogen worden."

„Laura ist gleichsam das Gold von Amors Pfeil, als auch das goldene Federkleid des Phönix. Diese Worte, die mehr verbergen als offenbaren, enthüllen die Stellung des Dichters zwischen Mittelalter und Renaissance. Die Zahlen von denen er spricht, haben besonders seit den Kirchenvätern einen christlichen Symbolwert.
Am sechsten April ist Adam erschaffen, und am sechsten April ist Christus gestorben. Zwischen dem Beginn der Liebe zu Laura 1327 und ihrem Tod 1348 liegen einundzwanzig, also drei mal sieben Jahre, auch dies sind christlich vielfach ausgedeutete Zahlen.
Darüber hinaus besteht der Canzoniere mit seinem scheinbar reumütigen Eingangssonett aus 366 Gedichten. Davon abgesehen, könnte sich die Zahl symbolisch auf die Tage eines Jahres beziehen.
Vielleicht verweist die Zahl 366 unmittelbar auf Lauras Todesjahr, denn 1348 war ein Schaltjahr.

Der Container

„So, das reicht jetzt, sonst verzetteln wir uns nur", meinte Liebstöckel, der genau wusste wann Informationen mehr lähmten, als die Arbeit zu fördern.
„Gut", sagte die Kommissarin, „gehen wir ins hermeneutische Bedeuten dessen, was wir zusammen gelesen haben".
Bei der Methode des Hermeneutischen Bedeutens pirschten sich die Teammitglieder in freier Assoziation an die Thematik, an die Message, heran und formulierten Arbeitshypothesen, die man dann zu erschüttern versuchte.
Die Teammitglieder durften und sollten dabei mehr, viel mehr authentisch, als selektiv sein.

Das war manchmal ganz schön happich, und man durfte, wenn man diesen Container verließ, auf keinen Fall nachtragend sein.
Der Fond war, dass die Kommissarin Laura war. Alle anderen waren Tand und nichts wert.
„Schwer zu begreifen", sagte Hysen, „ist dieser Widerspruch zwischen der Sprache und der hoch dosierten Erotik in Petrarcas Gefühlswelt und derjenigen der brutalen Sexualmorde. Ich meine, wie sadistisch sie ausgeführt werden und demgegenüber der melancholische Reiz der petrarcischen Gedichte. Wie um alles in der Welt passt das zusammen"?
„Genau in seiner ultraextremen Komplementarität", meinte Goppenweihler. „Ich verstehe ihn sehr gut. Der eigentlich unerfüllbare Wunsch, nämlich „Laura", erzeugt auf der anderen Seite der Gefühlspalette ein kaltes, wenngleich obszön fein geschliffenes Tötungsritual, als Ersatzbefriedigung, wenn ihr versteht was ich meine". Scheinbar verstand sich Goppenweihler momentan selber nicht, wie er es gerne gehabt hätte.
„Ein phänomenaler Gedanke, Roderich"! Rosa war ganz hin und weg von den Ausführungen ihres Kollegen.
„Geradezu taoistisch dein Ansatz. Jin – der zarte, humanistische Renaissancemensch, mit der Rückbesinnung auf die Ästhetik der Antike und Yang – das Raffinement, dieser obszönen Obsession des Benutzens, Beschmutzens und Tötens".
„Wieso muss eigentlich Yang wieder für das Böse herhalten"? fragte Hysen.
„Könnte nicht vielleicht viel eher das dunkle, feuchte, geheimnisvolle Jin die Rolle der abschickenden Poststelle übernehmen"?
„Eine ganz schön perfid schizophrene Performance, wenn ihr mich fragt", sagte Liebstöckel und es schüttelte ihn ein bisschen.

„O.K., erklärt mir noch mal, warum ich Laura bin", fragte die Reitemich in die Runde.
„Na ja ich sehe das so, die einen schubst er aus großer Höhe und dich erhöht er. Er schickt dir über Petrarca verschlüsselte Botschaften seines Schaffens. Du bist die Unerreichbare Helga Laura", meinte Liebstöckel.
„Vielleicht ein hohes Tier bei den Hubschraubern, der seine Schlampen fickt, bemalt, markiert, abstempelt und dann auf die Reise schickt. Als Post an dich Laura – Helga Kommissarin Reitemich", meinte Rosa.
„Lernt man so was bei denen? Haben die humanistische Bildung? Sind das Renaissancemenschen?" fragte Hysen und schaute dabei äußerst skeptisch.
„Hm, vielleicht finden wir ihn ja heute Abend, könnte ja sein", sagte Helga Laura.

Hubschrauberstützpunkt

Der Austausch war kein Problem gewesen. Jetzt saßen Helga und Rosa zusammen mit noch vier Frauen in dem Kleinbus mit Fahrer und Beifahrerin, den Anbietern der Lustbarkeit. Die zwei hatten sich darauf spezialisiert eine Kartei für Junggesellen Abschiedspartys und ähnliche Festivitäten bereit zu halten. Sie vermittelten und vermieteten Tänzerinnen und Tänzer aller Art für die verschiedensten Initiationsrituale, vom Bauchtanz über Schlangentanz und Tabledancing bis hin zu Bühnenhardcoreorgien.
Die Torwachen wussten Bescheid und schauten verstohlen und neidvoll in den Kleinbus, der das Vergnügen barg, an dem sie nicht würden teilhaben können.
Sie hatten in einem der Hangars eine improvisierte Bühne aufgebaut, die einen richtigen Backstagebereich mit separatem Eingang hatte.
Die Lightshow, die sie organisiert hatten, war auch in Ordnung. Bunte große Strahler, Flashlight, Strotoskope und

sogar Lasermuster waren möglich. Es gab auch große Sterne durch die man tanzen konnte.
Nach der Ansage durch den Vergnügungsoffizier, gefeiert wurde übrigens sein fünfundzwanzig jähriges Dienstjubiläum und sein fünfzigster Geburtstag zusammen, waren Helga und Rosa dran.
Wili de Vile, laut genug, sang von Schuhen aus Alligatorenleder und die zwei Polizistinnen legten ihre Performance ab. Die Bühne war zweigeteilt und eine Art Laufsteg verbannt die zwei großen Podeste. Von fast allen Seiten zugänglich, waren sie bis auf den Backstage Vorhang von Soldaten und einigen wenigen Soldatinnen umgeben. Die Nummer war geil, die Musik anfeuernd, die Getränke ausreichend. Der Saal tobte. Die unbedingt verlangte Zugabe, eine schräge mexikanische Bläser und Gitarrennummer, absolvierte die Azubine alleine mit ihrer Trompete und einem Saxophon. Sie war eine ausgezeichnete Bläserin. Rosa konnte Trompete und Saxophon spielen, und das machte sich jetzt mehr als bezahlt. Zwischen ihren großen drallen Titten glänzte der goldene Saxophonhals besonders gut. Sie drehte das Mundstück und blies das Instrument sogar verkehrt herum. Eine Daumen- nummer mit dem Trichterende an exaltierter Stelle. Helga benutzte die Gelegenheit. Sie hatte sich wieder angezogen und mischte sich unters Volk.
„He, sie kenn ich doch, sie waren doch gerade noch auf der Bühne. Was wollen sie trinken"? Die zwei Männer mittleren Alters waren Piloten und standen etwas abseits an einem Stehtisch unweit der Bar. Helga lies sich einen kubanischen Drink mit Minze mixen und merkte gleich, dass der Rum stark und von exzellenter Qualität war.
Sie hielt sich nicht lange mit Floskeln auf, sondern kam gleich zur Sache. Den einen leckte sie am Ohr während sie dem anderen unter dem Tisch den Schwanz unter der Hose rieb.

„Ich steh auf Piloten. Und ich hab es noch nie in einem Hubschrauber gemacht. Wie wär`s, zeigt ihr mir eure Kampfmaschinen"?
„Wir zeigen dir unseren Hubschrauber und unsere Kampfmaschinen, los komm"!
Man musste sich schon etwas anschreien um hören zu können. Helga wurde in die Mitte genommen und dann ging es Richtung Ausgang. Rosa gab immer noch ihr Bestes, auf der Bühne würde sie aber bald vom nächsten Tanzpaar abgelöst werden. Die schwarzen dicken Zöpfe, die geölten Brüste und die außergewöhnliche sportliche Beweglichkeit sorgten dafür, dass der
Saal weiter tobte.
Nach einem schwarzen langen Gang schlüpften sie durch einen Vorhang und eine Tür, dann schlug ihnen die immer noch warme Nachtluft entgegen. Die Sterne waren gut zu sehen. Vega, Deneb und Altair waren immer noch an ihren gewohnten Plätzen und daneben schwamm der Delfin. Sie stiegen in einen Jeep, der vor der Tür parkte und fuhren ungefähr einen Kilometer weit. Erst durch ein kleines Wäldchen, dann um einen Weiher herum, bis hinter einem Hügel die großen schwarzen Hangars auftauchten. Sie parkten vor dem größten, sprangen aus dem Jeep und einer der Piloten sperrte das große Rolltor auf. Er nahm eine fette Taschenlampe von einem Regal auf der Seite und leuchtete auf den dritten Hubschrauber in Reihe.
„Hier hätten wir einen unserer Transporter, da haben wir mehr platz zu Spielen, als in den Kampfmaschinen".
„Habt ihr vielleicht auch einen ganz speziellen Transporter, den ihr mir unbedingt einmal zeigen wollt"? fragte Helga ziemlich direkt.
Die beiden schauten sich etwas zu lange an, grinsten dann beide ein bisschen seltsam bis dümmlich und der eine meinte „Hier entlang bitte, zu den richtig fetten Brummern".

Helga ging in der Dunkelheit des Hangars eine breite Gasse zwischen den kleineren Transportern und Kampfhubschraubern auf den hinteren Teil des Hangars zu. Dort zeichneten sich jetzt im Strahl der Taschenlampe, die richtig dicken, fetten Giganten ab.
„Das sind unsere normalen NH 90. Kleine Transports. Auf der anderen Seite die 330 Puma. Die sind kleiner als die russischen Hips. Ganz am Rand Blackhawks von Sikorsky aus den Staaten", sagte der, der sich als Dieter outete.
Sie gingen dem Halbdunkel der anderen Seite des Riesenhangars entgegen, wo durch große Fensterscheiben Mondlicht auf die Giganten flutete und bizarre Schatten warf. Der Kommissarin war etwas flau im Magen und darüber. Aber es half alles nichts. Wenn es hier etwas Besonderes zu entdecken gab, würde sie es jetzt oder nie heraus bekommen.
„Sagt mal ihr Spitzenpiloten, wo ist euer Riesenbaby, wo ist euer Extraflieger? Wo ist die Extraklasse mit der ihr mir imponieren könnt"?
„Warts ab. Da vorne die letzten, das sind zwei Riesen. Und der eine davon ist wirklich etwas ganz besonderes. Der wird dir so richtig gut gefallen". Bernd wies mit seiner starken Taschenlampe auf einen der beiden riesigen Super Sea Stallions von Sikorsky, die den ganzen hinteren Hangar ausfüllten. Gespenstisch groß und von dunkler, undefinierbarer Farbe mit zwei großen Rotoren.
„Der ist innen richtig gemütlich", hörte sie Bernd von der Seite noch sagen, dann wurde ihr schwarz vor den Augen. Sie hatte sich so kurz vor dem Ziel niederschlagen lassen dachte sie noch, dann machte es Zipp und sie flog vorn über direkt vor den Super Sea Stallion.
Sie hatten sie bis auf ihren schwarzen Samtstring und den schwarzen Spitzen BH ausgezogen. Die Hände waren gefesselt und eine größere Schlaufe durch die gebundenen Arme gezogen worden. Dieter lenkte den großen Hubmatik direkt vor Helga, die an eines der großen

Räder des Hubschraubers gelehnt war und von Bernd mit dem Oberschenkel fixiert wurde.
Die Schlaufe der Handfessel wurde über die Gabel des Staplers gelegt und die Kommissarin entschwand in luftige Höhen. Sie an einem der vier vorderen Rotorblätter zu fixieren, war gar nicht so einfach, aber für die beiden Piloten eine echte Herausforderung, die ihr ganzes Können abverlangte.
Bernd und Dieter gerieten mächtig ins Schwitzen und gönnten sich erst mal ein kleines Pils aus dem Vorrat der Mechaniker. Sie saßen an das Vorderrad gelehnt, prosteten sich zu und betrachteten ihr Werk.
„Das ist richtige Kunst. Schau sie dir an".
„Die Schlampe sieht richtig gut aus mit ihren Gazellenbeinen, die praktisch erst im Rücken aufhören".
„Wir werden sie trotzdem mal kreisen lassen, die Bullenfotze, das ist dann echte Kunst und fast nicht mehr zu toppen", meinte Bernd, stand auf und lies einen mächtigen Furz fahren.
Es war nicht mehr weit.
Rosa hatte sich nach der Zugabe draußen den erst besten Soldaten geschnappt, der zufällig gerade angefahren kam und hatte ihn gebeten ihr doch bitte die Arbeitsinstrumente des Standortes mal aus der Nähe zu zeigen. Seine Kleidung, die Abzeichen, seine vornehme Art und sein Auto, ließen auf einen gebildeten Mann und auf einen höheren Dienstgrad schließen.
Er hatte nur gefragt, ob die Show denn schon zu Ende sei und Rosa hatte ihm geantwortet, für sie wäre sie jetzt zu Ende.
„Haben sie auch für die Jungs getanzt"? fragte der Offizier und musterte Rosa interessiert, als er den großen Wagen startete.
Rosa berichtete, dass sie die erste Nummer war und jetzt etwas Luft und eine ruhigere Atmosphäre brauche.

„Find ich toll, dass sie sich für unsere Hubschrauber interessieren gnädige Frau", meinte der höfliche und sehr gut aussehende Offizier.
„Was wollen sie sehen kleinere Kampfhubschrauber oder die großen Transportmaschinen"?
„Die richtig großen Dinger will ich sehen, wenn es denn möglich wäre"? flüsterte die Azubine in einem vor Erotik tropfenden Tonfall.
Ein süffisantes, mildes Lächeln umspielte die Mundwinkel des Offiziers und seine Augen funkelten sehr interessiert. Er war wahrscheinlich Ende vierzig, sozusagen im Besten Mannesalter. Aus dem CD Player kam angenehm unaufdringlich und trotzdem total satt Pharoa Sanders: „Our Roots began in Afrika". Sanders hatte bei Coltrain gelernt und spielte, wie die Azubine fand, ein gigantisches Saxophon. Aber diese Musik jetzt bei diesem Mann? Naja, das Alter passte, aber das berufliche Sujet wollte nicht ganz zu dieser spirituellen, magischen Musik passen.
Der Mann wurde immer interessanter. Aber jetzt musste erst mal die Chefin gefunden werden. Sich einfach so alleine davon zu machen sah ihr ähnlich.
Sie hielten vor einem riesigen Hangar an und stiegen aus. Er kam sogar herum und öffnete ihr die Tür.
Die Halle war so groß, wie sechs Fußballfelder. Das große Roll Tor war geschlossen. Es drangen aber deutlich vernehmbar Rotoren Geräusche aus der Halle. Der Offizier schaute ernsthaft besorgt und schloss eine kleine Tür neben dem großen Roll Tor auf. Jetzt war der Lärm geradezu ohrenbetäubend.
„Hören sie, ich weiß nicht, was da los ist, wieso da jemand einen Hubschrauber im Hangar gestartet hat, aber wir werden es gleich wissen. Wollen sie im Auto..."
Weiter kam er nicht, denn Rosa war bereits an ihm vorbei in die Halle gewischt.
Die Augen brauchten ein bisschen, bis sich Stäbchen und Zäpfchen wieder im Einklang befanden.

Von ganz hinten aus dem Hangar kam der Höllenlärm und da war auch Licht auszumachen.
Inzwischen hatte sie der Offizier wieder eingeholt und sie schauten sich kurz gespannt und stirnrunzelnd in die Augen, bevor sie sich, durch eine Schneise zwischen den ersten schwarzen Kampfhubschraubern, auf den Lärm und das Licht zu bewegten.
Höllischer Lärm und ein total verrücktes Szenario boten sich den beiden, als sie der Rückwand der Halle näher kamen. Als Rosa klar wurde, was die zwei Männer so gebannt betrachteten, gab es für sie kein Halten mehr. Sie rannte los und sprang die zwei Männer von hinten an. Die hatten Kopfhörer auf und die fliegende Kommissarin betrachtet. Der Angriff von hinten in die Kniekehlen kam total überraschend. Als Rosa dann mit gezückter und entsicherter Waffe über ihnen stand schoss sie erst mal zwischen die zwei Männer in den Boden. Sie rissen sich die Kopfhörer von den Ohren und starrten Rosa verwirrt an.
„Den Hubschrauber ausmachen, den Rotor anhalten, aber schnell!" schrie die Azubine in den Höllenlärm hinein und gab noch einen Schuss ab, aber da wurde der Rotor schon schnell langsamer und der Lärm erstarb. Aus dem Hubschrauber sprang ihr sympathischer Begleiter.
„Stecken sie ihre Pistole weg, bitte. Sie ist jetzt nicht mehr nötig. Helfen sie lieber mit die Frau da runter zu bekommen."
Der Rotor war zum Stillstand gekommen und die Kommissarin hing jetzt genau über ihnen. Die schwarz leuchtenden Rotorblätter und die schwarze Unterwäsche der Kommissarin, die schwarzen Haare und die helle Haut, die langen Beine, ein tolles Bild.
Die zwei Piloten entschuldigten sich bei dem Offizier und mit ihrer Hilfe war Fr. Reitemich schnell wieder abgehängt. Der Offizier stand auf der Gabel des großen Hubfahrzeugs und hielt die Kommissarin in seinen Armen.

Langsam, wie in Zeitlupe, schwebten sie auf die Erde hinunter.
„Sie lebt, sie atmet. Kommen sie mit, sagte der Offizier zu Rosa und schritt, die Kommissarin auf den Armen, durch die Hubschrauber auf den Ausgang zu. Rosa schauten noch mal in die Gesichter der Piloten. Sie wollte sie sich einprägen. Ganz normale nette Jungs. Sie griff sich die Klamotten ihrer Chefin, dann drehte sie ab und rannte dem Offizier hinterher.
Er legte sie, so behutsam wie möglich auf den Rücksitz des großen Wagens.
„Wir fahren die paar Meter bis zu meiner Dienstwohnung. Die Frau auf dem Rücksitz braucht ein Bett und Ruhe", meinte der Offizier zu Rosa gewandt. „O.K, und vielen Dank für ihre Hilfe".
Vor einer alten Villa auf dem Gelände des Hubschrauberstandortes hielt der große Jeep auf dem Kiesweg an. Der Offizier trug die Kommissarin, die immer noch bewusstlos war, die Treppen zur schweren Eichentür hinauf und klopfte mit dem Schlegel, der Zunge einer Chimäre, an die schwere große Tür. Sofort ging das Licht an und die Tür wurde geöffnet. Im Eingang stand ein älterer schlanker Herr im Livree mit grauen, kurz geschorenen Haaren, der sofort beiseite trat und salutierte. Der Offizier und Rosa traten ein und Fr. Reitemich wurde die ausladende Holztreppe hinauf, in ein Gästezimmer im ersten Stock getragen. Hier wurde sie in ein großes, altes Holzbett mit Baldachin gelegt und der Butler bekam den Auftrag eine Wärmflasche zu bereiten. Der Offizier prüfte Atmung und Puls der Kommissarin und untersuchte sie auf eventuelle Brüche und innere Verletzungen, befand aber alles zum Besten.
„Morgen früh wird sie aufwachen und sich sehr gerädert fühlen, wie nach einer stark durchzechten Nacht. Mit den beiden Piloten werden Gespräche geführt und sie werden

sich für dieses verrückte Happening zu verantworten haben, so viel steht fest."
„Es hätte ja weiß Gott was mit ihr passieren können, außer der kleinen Beule am Kopf", sagte Rosa empört.
„Da haben sie allerdings Recht. Ich weiß auch nicht, was in die zwei Piloten gefahren ist. Das sind bis jetzt völlig korrekte und erfahrene Soldaten gewesen. Ich hoffe sie sehen von einer polizeilichen Anzeige ab und lassen mich diesen Vorfall intern regeln. Eine Strafversetzung in ein Krisengebiet, ist das Mindeste, was ich tun werde, das verspreche ich ihnen. Und jetzt, nach all dem, was wir erlebt haben, schlage ich vor, dass ich uns erstmal zwei Martinis mixe, gerührt, nicht geschüttelt natürlich, Frau.."?
„Rebecka van der Vaal", sagte Rosa Deithard und kam sich ein bisschen schäbig dabei vor.
„Ist mir eine große Ehre und ich freue mich wirklich sehr, auch wenn die Umstände etwas außergewöhnlich waren, Sie kennen gelernt zu haben".
Er bot ihr seinen Arm an, und mit einem letzten, aber schon erleichterten und versöhnlichen Blick, ließen sie die Kommissarin schlafen und gingen hinunter in den Salon, in dem eine kleine Bibliothek und eine große Bar eingerichtet waren.
Rosa fielen viele alte Bücher auf. Die meisten befassten sich mit Philosophie. Cicero, Humboldt, Goethe, Schiller, Dante Alighieri.
„Interessieren sie sich für Philosophie und Humanismus? Für die Renaissance"?
Er war hinter sie getreten und bot ihr einen Martini an.
„A votre sante! Und dass es ihrer Freundin bald wieder besser geht", sagte er und beide leerten ihren ersten Martini auf einen Zug. Er nahm die Gläser, verschwand kurz hinter der Bar und kehrte mit frisch gefüllten zurück.
„Allen Humanisten gemeinsam war eine außerordentliche Wertschätzung der Ästhetik. Sie waren der Überzeugung, dass das Schöne mit dem Wertvollen, dem moralisch

Richtigen und dem Wahren hand in Hand geht. Diese Grundhaltung erstreckte sich nicht nur auf Sprache und Literatur, sondern auf alle Bereiche der Kunst und der Lebensführung. Natürlich galten auch in der bildenden Kunst die antiken Kriterien und Wertmaßstäbe. Aber bitte entschuldigen sie mein Dozieren. Ich rede mich hier warm und vielleicht interessiert sie die Antike, die Renaissance und der Humanismus nicht die Bohne".
Er reichte ihr einen Martini und prostete ihr zu.
„Doch, interessiert mich sogar sehr. Ich weiß bloß zu wenig über diese Dinge um einen Dialog führen zu können." meinte Rosa und beide kippten ihre Getränke in sich hinein.
„Das haben sie aber sehr schön formuliert, meine Liebe. Ich interessiere mich sehr für den italienischen Humanismus. Florenz, als herausragende Kunst- und Kulturstätte, war die Keimzelle des Humanismus in Italien des vierzehnten und fünfzehnten Jahrhunderts. Ein großer Vorteil für den Florentiner Humanismus, war die Vorherrschaft der Familie Medici. Sowohl Cosimo als auch Lorenzo di Medici, zeichneten sich als nachdrückliche Förderer und Mäzene aus. Stellen sie sich diese Zeit vor, liebe Frau van de Vaal. Im fünfzehnten Jahrhundert hatten wir in Spanien noch die Blüte der Inquisition. Die Italiener dieser Zeit hielten die Spanier für bigott, gierig und rassistisch. In Florenz fehlte eine starke scholastische Tradition, da die Stadt keine erstrangige Universität hatte. Das geistige Leben spielte sich großteils in lockeren Gesprächszirkeln ab. Diese offene Atmosphäre bot günstige Voraussetzungen für eine humanistische Kultur. Tomas de Torquemada, Dominikaner und Großinquisitor schickte im Lauf von fünfzehn Jahren über 8000 Menschen auf den Scheiterhaufen. Er führte das rassistische Prinzip der Reinheit des Blutes ein und ging so gegen Häretiker und Konvertiten vor. Hier wurden Juden und schöne Frauen gefoltert und verbrannt. In Italien wusste man es

besser. Wenn sie mir erlauben, möchte ich sie jetzt zu einer kleinen Stärkung geleiten, die Olaf für uns angerichtet hat."

„Dagegen ist überhaupt nichts einzuwenden. Die Martinis haben mich hungrig gemacht."

Er hakte sie unter und führte sie in einen an die Bibliothek angrenzenden Wintergarten mit großen Fenstern und vielen Pflanzen. In einer Nische stand ein kleiner runder Tisch. Hier hatte der Butler angerichtet. In der Mitte ein großer Leuchter mit schwarzen, langen Kerzen, der von großen, schwarzen Trauben umrahmt war, um die kleine Käseköstlichkeiten lagen. Auf Tellern waren je zwei geräucherte Forellenfilets, getoastetes Brot, Sahne Meerrettich und eine kleine Portion Beluga Kaviar angerichtet. Außerdem gab es Brut Balthazar von Veuve Clicquot und einen hervorragenden Kaiserstuhl Riesling. Er führte sie an ihren Platz, setzte sich ebenfalls, erhob sein Champagnerglas und gab einen Toast: „Auf die Schönheit, Fr. van der Vaal, guten Appetit. Ich hoffe Olaf hat etwas aufgetragen, was ihren Geschmack trifft."

„Er hätte es nicht besser machen können, ihr Olaf, bitte sagen sie ihm, dass ich sehr angetan war."

„Oh, das freut mich außerordentlich und sie können es ihm auch selber noch sagen, wenn er sie später nach hause fährt. Lassen sie uns nun zum Fisch den tollen Riesling genießen."

„Sehr gerne," sagte Rosa, streifte ihren Schuh vom Fuß und legte ihre Zehen unter dem Tischchen genau auf seinen Schwanz.

Sie hatte sich nicht am Bein vorarbeiten müssen, sie hatte direkt einen Volltreffer gelandet.

Sie drückte mit ihren Zehen leicht auf seine Eichel, schaute ihm in die Augen und fragte: „Und was ist mit Francesco Petrarca?"

Er zuckte mit keiner Wimper, lächelte süffisant und sagte: „Sehr gut, wunderschön. Francesco Petrarca. Erster

Lustbergsteiger und Begründer des italienischen Humanismus. Er stellte den Menschen, so wie sie übrigens gerade auch, wieder in den Mittelpunkt und liebte abgöttisch, aber leider nur platonisch, womit wir wieder bei den alten Griechen wären, die schöne Frau Laura. Nun Frau van der Vaal, was halten sie denn von der rein platonischen Liebe?"

„Alles zu seiner Zeit," sagte Rosa und fuhr mit ihrem großen Zeh, den jetzt schon ziemlich dick gewordenen Schwanz von der Wurzel bis zur Koppe hoch.

„Wenn wir gegessen haben, würde ich ihnen liebend gern auf dem großen Diwan meine Spezialmassage zeigen", meinte Rosa und schaute hinüber zu einem extrem breiten, mit Grünpflanzen umsäumten Chaiselongue.

„Ich glaube ihnen gerne, dass sie sich noch steigern können, obwohl sie mich momentan schon in den siebten Himmel versetzen, liebe Frau van der Vaal. Ich bin ein experimentierfreudiger Mensch und stehe ihnen nach einem Kaviarbrot und einem ordentlichen Schluck Riesling sofort zur Verfügung."

Er legte sich nackt auf das große Chaiselongue und zündete sich eine dicke Havanna an. Er lag auf dem Bauch, den Kopf und die Brust etwas erhoben und blies Ringe über die Pflanzenblätter.

Olaf, der Butler, brachte ein Sanddornöl, die inzwischen bis auf Hebe und String ausgezogene Rosa Deithard schien ihn überhaupt nicht zu interessieren.

Rosa bestrich seinen Rücken, seinen Arsch und seine Beine und Füße mit sehr viel Öl.

Glänzend und glitschig lag er vor ihr auf dem Bauch und sie hockte jetzt auf der erhöhten Kopfrolle der Chaiselongue und nahm seinen Kopf zwischen ihre Beine. Er schob ihren String zur Seite und probierte wie sie schmeckte. Als er sie richtig nass geleckt hatte tauchte er die Spitze seiner Zigarre vorsichtig in ihre Muschi und nahm einen guten Zug tief in seine Lungen hinunter.

Dann steckte er die dicke Zigarre etwas tiefer in sie hinein und gab sie ihr in den Mund. Rosa nahm einen tiefen Zug von der mild würzigen Edeltabakrolle und legte sie in einen Pflanzentopf. Sie rutschte mit ihren Händen bis zu seinem Arsch hinunter. Die Spitzen ihrer Nippel berührten seinen Rücken und rutschten die kleine Strecke hinunter und dann blies sie den Rauch über seinen Arsch und zwischen seine Oberschenkel.
Jetzt setzte sie sich mit ihrem Arsch auf seinen breiten Rücken und massierte ihn mit ihren Backen durch sanftes Kreisen ihrer Hüften.
Nach der Praxis der Integrativen Körpertherapie bildet der Körper den Zugang zum Menschen. In der Praxis vollzieht man folgende Schritte: Körperkontakt herstellen, Gefühle wahrnehmen und (nicht immer) ansprechen.
Den eigenen Körper und den anderen kennenlernen.
Körperspannung wahrnehmen – entspannen.
Fließende, harmonische Bewegungen machen, verschließende Haltungen und eckige Bewegungen korrigieren.
Kräfte entdecken und entwickeln.
Bewusst machen und anwenden von Gewicht und Gleichgewicht und bei allem und immer bei der Körperarbeit auf die Atmung achten und beim Ausatmen tiefer gehen.
Sie rutschte mit ihrem Arsch seinen Rücken entlang, bis zu seinem Steiß und schob sich dann wieder hoch zu den Schultern. Dabei führte sie langsame, kreisende gewichtsverlagernde Bewegungen aus, gleichmäßige kreisende Rotationen ihrer Hüfte, die über ihre Arschbacken auf seinen Rücken und seine Schultern übertragen wurden.
Oben angekommen ging es etwas schneller wieder herab zu seinem Arsch und diesmal nahm sie die Hürde und rutschte über den Steiß und den Arsch auf seine Oberschenkel und zurück. Dabei spürte sie alles toll über

ihre Klit. Sie rutschte auf die Arschbacken und diesmal verweilte sie hier und kreiste lange von Arsch zu Arsch. Dann rutschte sie wieder über die tollen strammen Backen auf seine Oberschenkel. Hier angelangt nahm sie eines seiner Beine zwischen ihre und massierte Oberschenkel und Wade mit ihrer Muschi.
Dabei lies sie Spucke auf seine Fußsohlen tropfen und massierte sie gut ein.
„Ich kann nicht mehr auf dem Bauch liegen," war das einzige was er sagen konnte. Sie drehte sich um, hob seine Hüfte etwas an, vergrub ihren Kopf zwischen seinen Oberschenkeln und suchte mit der Zunge seinen großen Schwengel.
Dann drehte sie sich noch mal um und unter ihn, er lies sich seine Stange ordentlich durch lutschen.
Nun übernahm er die Initiative, hob sie hoch und legte sie rittlings über die Diwanrolle und drang von hinten in sie ein. Dann drehte sie sich um und er betätigte sich als Missionar unter der prächtigen Anfeuerung ihrer Versen, die im Rhythmus des Geschehens auf seinen Arsch schlugen. Als sie gekommen war und Fingernägel den Rücken verziert hatten, bog er ihre Beine noch etwas weiter hinauf und drang in ihren Hintern ein. Dem vielen Öl war es zu verdanken, dass es dabei keine Schwierigkeiten gab. Nach ein paar kräftigen Stößen kam er dann auf ihren Bauch und ihre Titten.
Sie massierte sich das warme Sperma gut ein, während er zwei gut gefüllte Gläser kalten Riesling brachte und einen Tost auf die hervorragenden Qualitäten der Frau van der Vaal ausbrachte. Sie nahmen je einen großen Schluck Wein und küssten sich, wobei ein Rest Riesling über ihre Brüste weiter nach unten rann.
Als er sie an der Haustüre verabschiedete und Olaf ihr die Wagentür aufhielt fragte sie nach seinem Namen.

„Henschel, Rainer Henschel, Kontaktoffizier des Hubschrauber Standortes, Frau van der Vaal", sagte er und schloss die Wagentür.
Sie wusste, dass sie diesen Namen schon mal gehört hatte, konnte ihn aber momentan nirgends wo unterkriegen.
Sie hatten vereinbart, dass Fr. Reitemich, wenn sie sich wieder etwas erholt haben würde, ebenfalls von Olaf heimgebracht werden würde.

Die Kommissarin wacht auf

Als Frau Reitemich erwachte, pochte ihr Schädel fürchterlich und sie hatte ausgeprägte Gliederschmerzen. Sie öffnete die Augen und nahm langsam die fremde, aber sehr angenehme Umgebung und Atmosphäre des Gästezimmers in der Villa Henschel in sich auf.
Die Tür ging auf, und ein ihr unbekannter Mann betrat das Zimmer. Er war wie ein Butler gekleidet und stellte sich als Olaf vor.
„Können sie mir sagen, wo ich bin und was vorgefallen ist?" fragte Fr. Reitemich.
„Sie hatten hier auf dem Hubschrauberstützpunkt einen kleinen Unfall und sind jetzt zur Rekonvaleszenz in der Villa meines Dienstherren Oberst Henschel. Der Oberst Henschel lässt sich entschuldigen, dienstliche Verpflichtungen. Aber er hat mir aufgetragen ihnen jeden Wunsch von den Lippen abzulesen. Ich stehe also ganz zu ihrer Verfügung gnädige Frau."
Frau Reitemich hätte fast wieder das Bewusstsein verloren. Zumindest hatte sie momentan die Sprache verloren, als jetzt die Erinnerung des vollkommen fehlgeschlagenen Einsatzes zurückkehrte. Und jetzt auch noch im Haus von Oberst Henschel. Aber sie wurde zumindest sehr zuvorkommend behandelt.

Olaf reichte ihr ein großes Glas Wasser und zwei Schmerztabletten. Die Kommissarin nahm beides sehr gerne entgegen. Sie richtete sich etwas auf und der Butler schüttelte ihr das Kissen auf und bettete sie sitzend.
„Wenn sie etwas frühstücken wollen, wenn die Tabletten wirken, Frau Reitemich, dann ziehen sie einfach an dieser Kordel hier."
Olaf tat es und man konnte sehr leise irgendwo im Haus eine Glocke vernehmen.
„Ich soll sie erst heimfahren, wenn sie etwas zu sich genommen haben und es ihnen wieder besser geht."
„O.K., eine Eierbouillon, Tost und Orangensaft in einer Stunde. Bis dahin versuche ich noch ein bisschen zu schlafen." Die Kommissarin gab sich geschlagen. Was hätte sie auch sonst tunt können.
„Und ich soll ihnen noch von Oberst Henschel ausrichten dass sie sich keinerlei Sorgen machen sollen. Es bleibt alles unter uns, hat er gesagt."
Helga viel ein Stein vom Herzen und es ging ihr gleich sehr viel besser. Vielleicht würde Rüdesheimer Heiko Arschloch ja gar nichts zu erfahren brauchen.
Aber wieso war Henschel so nett zu ihr, nach dieser Nummer, die sie hier abgezogen hatten? Jetzt viel ihr alles wieder ein. Die zwei Piloten, die sie K.O. geschlagen hatten. Henschel wollte Frieden. Das war soweit O.K.. Aber wieso waren die so brachial gegen sie vorgegangen? die mussten doch irgendwie Dreck am Stecken haben. Naja erst mal egal. Es musste sowieso zu einer Aussprache mit Henschel kommen. Wenn dieser Rüdesheimer weglassen konnte, dann musste sie wahrscheinlich auch etwas dafür tun. Als die Schmerzmittel zu wirken anfingen, fiel sie in leichten Schlummer. Sie träumte, sie hinge an den Rotorblättern eines Helikopters, der über einen See flog. Unter ihr das leicht gekräuselte hellgrüne Wasser. Sie erwachte als die Tür aufging und Olaf ein großes Tablett mit Kaffee,

Croissants, Suppe, Tost, Spiegeleiern und Orangensaft brachte, dass er geschickt vor Frau Reitemich platzierte.
„Bitte essen sie etwas gnädige Frau. Wenn sie fertig sind, läuten sie bitte nach mir. Ich helfe ihnen dann auf und fahre sie nach Hause. Ich wünsche wohl zu speisen."

Mit Phantasie, Weitblick und Mut...

„Mit Phantasie, Weitblick und Mut lassen sich Träume verwirklichen, gnädige Frau." sagte er zu ihr und küsste sie auf den Handrücken.
„Sagen sie doch Xenia zu mir Professore. Gnädige Frau ist doch etwas zu dick aufgetragen, finden sie nicht? Schließlich wissen wir beide doch ganz genau, wo uns dieser Abend hinführen wird und was wir vorhaben", sagte Xenia und blickte hinauf in seine stahlblauen Augen. Sie tauchte mit ihren grünen so tief in die seinen hinein, dass sie erschrak, als er plötzlich ihren Arm nahm und sie an eines der großen Fenster des Loft führte.
„Auch wenn wir dies wissen, so können wir doch mit Respekt, Anstand und würdevoll miteinander umgehen und kommunizieren, liebe Xenia. Finden sie nicht auch, dass gerade in einem taktvollen Umgang ein gewisser Reiz liegt und das Ambiente und die daraus entstehende Erotik eigentlich das Wichtige in unserer, wenn gleich auch sehr kurzen, Beziehung sein sollten?"
„Sehr wohl Professore, und wenn sich eine gewisse Direktheit," und dabei glitten ihre Finger über seinen Schwanz, „mit dieser Zurückhaltung paart, dann sind wir doch da, wo wir am liebsten sein wollen, ist es nicht so?"
Der Rückenausschnitt ihrer schwarzen Robe war so tief, dass man den Übergang zum ausgeprägten Gesäß nicht nur erahnen, sondern sehen konnte. Jetzt glitt er mit seiner Hand tief in diesen Ausschnitt hinein und spürte mit der Spitze seines Mittelfingers, dass sie feucht war. Er glitt

problemlos mit dem Zeige- und Mittelfinger in sie hinein und sie fasste sein Glied etwas härter.
Auf der Bühne spielte Snowy White gerade „I know what I`m doing is wrong, but I can`t help myself."
"Wie wär`s? Wir verlassen jetzt dieses schöne Konzert und gehen zusammen in die Hazienda Dolores?"
„Das ist ein teures und gutes Haus, wirklich erste Sahne, aber trotzdem sind mir da jetzt zu viele Kolleginnen, Arbeitskolleginnen meine ich."
„Da hast du recht. Es muss ja nicht die ganze Intimwelt mitkriegen, was du in deiner selbst gestalteten Freizeit, mit wem alles so treibst. Wir fahren lieber zu mir und beschließen den Abend im Garten bei einem schönen kalten Weißwein, was sagst du dazu?"
Sie hatte ihr langes Bein etwas angehoben, damit er besser in sie eindringen konnte. Mit der Feuchtigkeit ihrer Muschi an den Fingern, war er mit einem der Finger tief in ihre Arschfotze gerutscht. Das weitete ihre grünen Augen und ein tiefes langes Stöhnen drang aus ihrer Kehle und kam doch von weiter unten, so als habe er es mit seinem Finger intoniert.
„An einer Wahrheit teilhaben heißt immer auch ermessen, dass es andere gibt, an denen wir noch nicht teilhaben. Es geht um die Erfindungen verschiedener Arten zu denken, Erfindungen oder Empfindungen, die sich nicht letztgültig begründen lassen, noch wären sie diskursiv entscheidbar, sagt der französische Philosoph Badiou. Man muss Entscheidungen treffen und diesen über eine bestimmte Zeit treu bleiben. Worauf man setzt, wäre dann eine Frage des Geschmacks." sagte der Professore und winkte mit dem Finger, der gerade noch tief in den Analen der Geschichte gesteckt hatte seinem Chauffeur.
„Wir können dann nur noch hoffen, dass die Leute mit Geld und Macht auch Geschmack haben", meinte die Edelprostituierte, die sich der Professore für zwei Tage gemietet hatte.

„Das ist ein weites Feld, Verehrteste. Wir haben zur Zeit viel Körperkult und Konsumismus, was aber beides keine Erfindungen unserer Zeit sind. Hat es alles schon gegeben und auch schon viel ausgeprägter als heutzutage. Dieser morbide animalische Humanismus erkennt nicht den Gott im Menschen, sondern einzig das Tier und hat keinen Begriff vom Glanz des Menschen."
In diesem Augenblick fiel ihm auf, wie ihre roten Ohrringe das Licht brachen und reflektierten. So ähnlich, wie in einem guten Burgunder bei Sonnenschein oder bei Kerzenlicht.
Im Fond der Limousine sog er ein bisschen an ihren harten Nippeln und musste dabei an den Nippelspanner denken, der als eine Art Aktionscollage bei ihm zu Hause im Badezimmer hing. Auf dem Bild stand eine Frau mit Kapitänsmütze und engem, hauchdünnem Rolli auf Deck einer Yacht und die harten Nippel ihrer nach vorn gestreckten großen, spitzen Brüste, wiesen über die Reling in Richtung Meer.
Sie öffnete seinen Gürtel und den Reisverschluss seiner Hose und nach dem er seinen Arsch etwas nach oben gehoben hatte, schob sie Hose und Boxershorts nach unten. Sie glitt nach unten und leckte ihm seinen Penis groß und hart, nahm dann ein Ei in den Mund und sog daran, während sie seinen erigierten Penis wichste.
Die Spucke, die sie dabei gesammelt hatte, lies sie dann zur Abkühlung auf seinem heißen Stab einfach herabtropfen. Dabei schaute sie ihm in die Augen, als wolle sie sicher sein, dass er sah, genoss und spürte, wie engagiert sie war. Sie legte ihre Hände auf seine Oberschenkel und glitt mit ihrem Körper den Sitz hinauf, so dass sie ihre Scham genau in sein Gesicht tauchen konnte. Er fing sofort an sie zu lecken und versuchte etwas von ihrem Gewicht mit seinen Händen abzufangen, die er auf ihre Arschbacken gedrückt hielt.

Die Hände auf seinen Oberschenkeln, ließ sie seinen Schwanz immer tiefer in ihren Mund und ihre Backen gleiten. Dann rekelte sie ihre Titten an seinem Schwanz. Für den Chauffeur ergab sich im Rückspiegel ein tolles Bild. Von seinem Chef und Arbeitgeber sah er nicht viel mehr als seine Hände auf ihren Arschbacken. Ein Finger hatte sich wieder tief in ihren Arsch gegraben. Unten konnte er nur erahnen, was sich abspielte. Dazu sang das Ensemble Amacord weltliche Lieder aus der Renaissance.
Später sollte eine Sendung über die matriarchalische Hochkultur Meroe im Sudan, 350 Jahre vor Christus kommen.
„Bitte hören Sie auf!" und damit setzte er sie wieder neben sich und schob die Hose langsam nach oben.
„Bevor ich zu früh, viel zu früh ejakuliere, müssen wir jetzt eine kleine Pause machen, liebe Xenia."
Sie sah ihn kurz etwas schmollend und enttäuscht an, willigte dann aber ein.
„Wir sind sowieso gleich da. Wie schnell doch die Zeit vergeht, wenn man beschäftigt ist."
Sie passierten einen hohen Zaun und ein großes Tor und hielten dann auf dem Kiesrondell einer großen Villa.
„Kommen sie. Bleiben sie so, wie sie sind, es ist warm genug und wir gehen außen herum gleich in den Garten ins Jacuzzi."
„O.K., aber ich brauche erst eine kleine Stärkung und einen guten kalten Weißen."
„Mein Butler wird für beides sorgen, Xenia." Er nahm sie bei der Hand und führte sie um die Villa herum durch einen Rhododendronhain in den Garten. Es roch nach Waldmeister und Rosen und vom nahen Wald nach Harz und Nadelbäumen.
„Da vorn ist ein Pool, in dem man bequem sitzen und liegen kann. Man wird von kleinen Düsen unterschiedlichster Stärke sehr ausgewogen massiert."

Er zog sich aus und schwamm die zehn Meter zu der Ecke, von der er gerade erzählt hatte. Er suchte sich seine Lieblingsdüse, die genau die Stärke und Richtung hatte, Sack und Schwengel so zu treffen, dass dies binnen kürzester Zeit, wie eine hohe Dosis Viagra wirkte. Sie kam um den Pool gelaufen und sah auf ihn herab, wie er sich im Strom seiner Lieblingsdüse rekelte. Sein Schwanz war schon wieder zu voller Größe ausgefahren.
Sie stellte sich breitbeinig über ihn an den Beckenrand und zog sich BH und String aus, nicht aber Strapse, Strümpfe und ihre Highheels. Sie trat mit ihren Schuhen und den Strümpfen, die einen breiten dunkelschwarzen Rand in ihre Oberschenkel malten, direkt über ihn und sah auf seinen erigierten Schwengel herunter. Jetzt beugte sie sich nach hinten, fasste ihre Titten und begann auf ihn herab zu pinkeln.
„Eine tolle Zusatzdüse, die eigentlich immer schon dabei sein sollte", sagte er und genoss diesen herrlichen Strahl und das Plätschern auf seinem Bauch und auf seinem Genitale.
„Sie pisst auf meinen Schwanz und massiert sich dabei die Titten bevor wir ficken. Ich bin hin und weg Xenia."
„Ich kann nicht ficken und blasen, wenn ich pinkeln muss. Wo bleibt eigentlich der kalte Weißwein und die Fressstückchen?"
Kaum ausgesprochen kam auch schon der Butler durch den Rhododendronhain mit einem großen Tablett.
Der Weißwein war im Kühler und die Baguettes waren mit edlen Ziegen- und Schafskäsen, Kräuteroliven, gebeiztem rohen Lendenstreifen und geräuchertem Saibling mit Petersilie belegt. Er stellte das Tablett auf das Tischchen zwischen den Liegen. Xenia ließ sich einmal Fisch und einmal Carpaccio schmecken und spülte mit Terre di Tuffi hinterher. Sie füllte ihr Weinglas wieder auf und kühlte ihr Nippel im Weißwein, bevor sie ihn so gierig schluckte, dass er zum Teil über den Oberkörper zwischen ihren Brüsten

zum Venushügel lief. Sie verrieb den guten Tropfen auf ihren Titten und wichste sich ein bisschen Terre die Tuffi an die Klit. Dabei fing sie an den Schwanz des Butlers zu reiben und holte ihn aus seinem Hosenversteck heraus. Nach einem kurzen Blick wusste der Butler, dass sein Herr nicht das Geringste gegen seine aktive Beteiligung einzuwenden hatte. Sie ließ einen ordentlichen Schluck Weißwein über seine Koppe laufen, wichste ihn und trank von seinem Schwanz. Sie hob den Schwanz und lutschte seinen Sack, schob sich abwechselnd die großen Eier in den Mund, saugte daran und lies dabei ihre Hand über den nun groß aufgerichteten Schwanz gleiten.

Der Butler hielt es nicht mehr aus, zog sich aus und kam mit Xenia ins Wasser. Die Nacht war angenehm lau und schwül. Ab und zu flog eine Fledermaus über den Pool und besorgte die Arbeit, die die Schwalben am Tag verrichteten.

Die Frau setzte sich auf den hochaufgerichteten Schwanz des Professore und lutschte den Schwanz des Butlers der über seinen Herrn gestiegen war. Dann hob der Professore die Nutte von seinem Gemächt und der Butler drang von hinten in ihren stolzen Arsch ein. Zuerst sehr langsam und bedächtig, dann immer schneller und heftiger. Dann war er soweit, dass er seinen Schwanz ganz herausziehen und ohne die Hilfe seiner Hände wieder bis zum Anschlag in ihren Arsch eindringen konnte, während der Professore sich lutschen lies und Xenias Titten massierte. Der Professore schob sich unter Xenia und begann ihre Pussi zu ficken. Es dauerte nicht lange und der Buttler verdrehte die Augen, bog sich zurück und wichste über ihren Rücken und auf die Arschbacken. Er lies seinen Schwanz noch ein paar Mal auf ihren Arsch klatschen, dann machte er einen Köpfer in den Schwimmbereich des Pools. Xenia dreht sich unter den Professore auf die Düsen, nahm ihre Kniekehlen in ihre Ellbogen und wichste den Schwengel des Professore bevor sie in sich zielsicher in den Arsch schob.

Der Professore zog ihr die Schuhe aus, zerriss ihr die Strümpfe und leckte ihr die Zehen. Dann hob er sie hoch und trug sie zur Leiter des Schwimmer Bereiches. Er stellte sie vor die Rundungen der Einstiegsleiter und fickte kräftig ihren Arsch im Stehen. Bevor es ihm kam drehte Xenia sich um und stieg ein paar Stufen in den Pool hinab, so dass sie ihn, die Hände am Leitergeländer, gut blasen konnte. Er bog sich nach hinten, spritzte ihr ins Gesicht und sprang über sie hinweg ins Wasser.

Alles heiße Luft

Am nächsten Morgen war der Butler wieder Butler. Er weckte sie höflich auf und führte sie in den Wintergarten zu einem gemeinsamen Frühstück mit dem Professore. Es gab weiche Perlhuhneier, Araukaner Eier, italienische Salami und Scamorza, birnenförmigen, geräucherten Filata, sowie alle Arten von Fruchtkonfitüre.
Der Kaffee duftete verführerisch und sie setzte sich nackt in den ihr zugedachten Pfauenthronsessel und lies sich vom Butler einschenken. Etwas Milch und Zucker dazu und der Duft wurde vom Geschmack sogar noch übertroffen. Es war etwas Zimt dabei, sie mochte das sehr.
„Was steht heute auf dem Programm, was wir gestern noch nicht ausprobiert haben?" fragte sie den Professore und biss in ihr Quittenkonfitüre Brötchen.
„Heute machen wir heiße Luft, sehr viel heiße Luft." sagte der Professore und zum Butler gewandt fragte er, „ist alles vorbereitet James?"
„Jawohl, Professore, alles wie immer". meinte dieser.
„Wo wird es uns heute hin wehen?"
„Der wind steht günstig. Er führt sie über den großen Hügelgräberwald und anschließend auch noch über den Stutensee. Landung so gegen 19 Uhr 30 bei Ritzendorf."
„Naja, dann ist ja alles Bestens, meine liebe Frau Xenia. Ich werde sie heute in den Adelsstand erheben und zuvor

werden wir ein bisschen Heißluftballon fahren. Um 15 Uhr werden wir hinter der Scheune am Pool starten. Sind sie schon mal Ballon gefahren, meine Teuerste?"
Sie spülte den Rest ihres Brötchens, das sie mit italienischem Camembert belegt hatte und den kleinen Löffel, gepfeffertes und gesalzenes Perlhuhnei, mit einem guten Schluck Kaffee hinunter und meinte, „leider noch nie. Ich hatte einfach noch nicht die Gelegenheit dazu."
„Sie werden es sehr genießen mit mir Ballon zu fahren, das verspreche ich ihnen. Wir werden auch anständig proviantiert und haben selbstverständlich einen gut gekühlten Schluck Val do Biadene dabei."
„Was soll ich anziehen? Es ist bestimmt kühl und windig so hoch oben in der Luft?"
„Nein, ich glaube sie können sogar so bleiben wie sie sind, wenn sie die Sonne vertragen. Man hat angenehmes, sonniges Wetter gemeldet. Vom Wind kriegen wir nichts mit, denn wir fahren ja mit dem Wind und der Brenner strahlt auch noch etwas Wärme ab."
„Wieso sagt man eigentlich Ballon fahren?"
„Das hat mit der Zeit zu tun, in der die Gebrüder Montgolfier, übrigens 1783, entdeckt haben, dass warme Luft nach oben steigt. Die ersten Passagiere, die damals durch die Luft gefahren sind, waren ein Hahn, eine Ente und ein Hammel. Wahrscheinlich wollte man, falls etwas schief geht, zumindest fürstlich speisen. Damals wurden viele Begriffe einfach aus der Seefahrt übernommen und deshalb heißt es auch Ballon fahren. Man dachte übrigens auch, dass man den Ballon steuern könne wie ein Schiff."
„Und das geht nicht?"
„Nein, leider nicht. Richtung und Geschwindigkeit sind vollkommen vom Wind abhängig. Wir haben eine ziemlich genaue Prognose über unsere Flugstrecke bekommen, aber ganz genau wissen wir es erst kurz vor dem Abflug."

Sie frühstückten sehr lange und ließen sich noch eine ordentliche Portion Kotze in Weißwein – Knoblauch - Sauce bringen. Dazu gab es einen trockenen, duftigen, fruchtigen und kühlen weißen Burgunder und Gianmaria Testa sang von Montgolfieren. Nach dem Espresso und der Zeitungslektüre war es dann endlich so weit. Die Auserwählte hatte sich für dunkelgrünen Samt und Spitze entschieden. Dazu passten die funkelnden Rubine der Ringe und der Halskette. Ihre Fuß- und Bauchketten waren aus goldenen und schwarzen Pailletten gemacht und eine große, schwarze Perle hing vom Bauchnabel abwärts genau bis zur Scham. Sie gingen hinter die Scheune durch den Rododendrenhain. Heute bei Tageslicht konnte man die prächtigen Farben der orangen, blauen und dunkellila Blüten sehen und am Pool erwartete sie bereits der Butler mit einem Kelch kaltem Champagner und Belugahäppchen. Während dieses kleinen Snacks gab der Professore seine Sicherheitsanweisungen.
Der Brenner wurde auf den großen, hohen Korb montiert und die Schläuche mit den Gasflaschen verbunden. Der Brenner wurde getestet, er fauchte heftig auf.
Die Ballonhülle lag in Windrichtung vor dem Korb. Die Kauschen der Stahlseile waren mit Karabinern am Korb befestigt. Der Butler hielt die Ballon Hülle auf und der Professore setzte den Ventilator in Gang. Der Ballon begann sich langsam zu blähen. Mit gezielten Brennstößen erhitzte der Professore die Luft im Inneren des Ballons bis er sich langsam aufrichtete.
„Professore, das ist ein gutes Omen für unsere Fahrt, finden sie nicht auch?" meinte Xenia und feixste viel versprechend. „Ich verspreche Ihnen, dass der Heißluftballon nicht das Letzte war, was sich stramm aufgerichtet hat, liebe Xenia Onatop", meinte der Professore und half Frau Onatop in den prächtig ausgerüsteten Passagierkorb. Stereoanlage, Kühlschrank, Champagnerkühler, ein Tischchen, zwei bequemen

Liegestühlen auf einem sehr flauschigen Teppich mit vielen Kissen. Es war an alles gedacht.

Ein langer Brennstoß des Professore lies den Ballon und den Reisekorb erzittern und dann langsam, wie in Zeitlupe, in die Luft abheben. Aufstieg ins blaue Himmelsmeer bei Sonnenschein.

Die Mad Caddies sangen von irgendwo her: „Go ahead, and have your fun girl, go ahead and have yourself some fun!"

„Wir werden den prognostizierten Weg tatsächlich fahren, liebe Xenia Onatop. Hügelgräberwald und Stutensee."

„Und wie hoch werden wir fliegen, Professore?" fragte Frau Onatop etwas benommen vom zweiten Glas Champagner, der überwältigenden Aussicht und dem Adrenalin.

„Fahren Frau Onatop! Ballon fährt man! Ich werde unsere Höhe auf fünfhundert Meter über Grund einpendeln damit sie noch etwas von der Landschaft sehen und erkennen können", sagte der Professore und begann sich auszuziehen. Xenia folgte sofort und legte die Stola und das Kleid ab. Der Professore hob Xenias Bein und steckte einen Fuß in eine Schlaufe unter dem Korbrand. Dann kauerte er sich unter Frau Onatop, schob den dunkelgrünen String zur Seite und begann zu schlecken und zu lecken und spielte mit seinen Fingern. Die eine Hand streichelte die Arschbacken und die andere spielte mit der schwarzen großen Perle. Er nahm die Perle, die von der Bauchkette herabhing auf seine Zunge und versuchte sie erfolgreich einzuputten.

Dann setzten sie sich auf den weichen Berberteppich und die vielen Kissen auf dem Korbboden. Der Professore verschaffte sich Platz und warf ein paar der Kissen hinter die Onatop bis er nur noch ein großes hinter sich hatte auf dem er bequem liegen konnte. Er zündete sich eine kleine Zigarre an, schenkte sich ein Glas kalten Prosecco Valdobbiadene ein, der ein herrliches Birnen – Ananas

Aroma verströmte. Xenia, nicht faul, wusste unterdessen, was zu tun war. Nachdem sie seinen Schwengel und seinen Sack ordentlich durchmassiert und nass gemacht hatte, lehnte sie sich ebenfalls in die Kissen und zog ihre dunkelgrünen Strapsstrümpfe aus. Dann nahm sie seinen Schwengel zwischen ihre fleißigen Füße und arbeitete auch mit den Zehen. Der Professore versuchte mit dem großen Zeh die große schwarze Perle, den Bauchkettenanhänger der Onatop, in seine Garage zu buxieren. Als er es geschafft hatte, schlüpfte er mit seinem großen Zeh immer wieder an der schönen, schwarzen Perle entlang raus und wieder rein, während sein Schwanz von den Zehen und Füssen der Onatop heftig in die Zange genommen wurde.

Jetzt wurde es Zeit aufzustehen und beim Ficken etwas von der Landschaft zu sehen. In der Ferne konnte man schon den Stutensee erahnen. Er hob ihr Bein, winkelte es an und stellte ihren Fuß in eine Korbrandschlaufe aus starkem, schwarzen Leder. Dann drang er von hinten in sie ein und massierte ihr die Titten, die speckig und dick auf dem Korbrand lagen. Er lies gesammelte Spucke über ihre Schultern auf ihre Titten laufen um sie ordentlich massieren zu können.

„Something in the way she moves makes me feel more real" in einer Version mit Zulu Gesängen von Johnny Clegg kam aus versteckten Boxen und kreiste im Korb. „Love is just a dream by another name" wurde von afrikanischen Gesängen unterfüttert und kam vom Korbboden und gleichzeitig vom Ballon nach unten. Xenia war jetzt schon ordentlich geil geworden. Der Körper regierte, und so bekam sie fast überhaupt nicht mit, dass er sie in eine schwarze Ledergürtel Korsage kleidete. „Come down on your own, leave your body alone, somebody must change." Oder sie hielt es für ein delikates Teil seiner sexuellen Obsession, und genau so

verhielt es sich ja auch, nur etwas eigenartiger, als sie sich das in ihren kühnsten Träumen hätte vorstellen können. Da glaubte sie auf einmal einen Hahn schreien zu hören. Er öffnete die Karabiner Haken an ihren Ledergürteln und lies die Seile einhaken, die zu der Winde führten.
Genau austariert am Rücken hatte sie einen Karabinerhaken, der sie jetzt, als er die elektronische Seilwinde betätigte, eineinhalb Meter in die Höhe riss. Zuerst war sie total geschockt und sie schrie wirres Zeug. Durch die anderen Haken wurde sie jetzt mit den Füßen fast auf den Korbrand gestellt. Sie schwebte fünf Zentimeter über dem Geflecht. Er zog sich jetzt selber sein Ledergestell an, nahm einen der beiden Hähne aus dem Sack, der am Rande der Kissen gelegen hatte, und riss ihm mit einer geschickten Drehbewegung den Kopf ab. Das Blut schoss aus dem Hahnenhals direkt auf Xenias Waden, Oberschenkel, den Arsch und den Rücken hinauf bis zum Hals und zum Hinterkopf. Dann war er auf einmal oben vor ihr und spritzte ihr das letzte Hahnenblut mitten ins Gesicht. Er löste eine ihrer Fußfesseln, hob ihr Bein hoch und drang von der Seite auf dem Korbrand stehend in sie ein. Seine Ellbeuge war unter ihrer Kniekehle. Er bog den Rücken durch und hielt sich an ihren Lederriemen fest. Dann lies er sich wie ein Bergsteiger in der Horizontalen in den Korb hinunter gleiten, stoppte die Talfahrt genau vor dem Sack, fischte geschickt den zweiten Hahn hervor und riss dem Tier auf dem Weg zurück zum Korbrand ebenfalls den Kopf ab.
Das Blut sprudelte aus dem zuckenden Hahnenhals ihre inneren Oberschenkel hinauf über den Bauch und auf ihre Brüste. Er holte seine Sofortbildkamera und fotografierte sie so von unten, dass ihre Scham und ihre Brüste gut zur Geltung kamen. Dann bog er sich durch ihre Beine hindurch und fotografierte ihr Gesäß und den Rücken. Er verstaute die Kamera und die Bilder, die langsam an Kontur gewannen im Korb und holte oben vom Brenner

sein kleines Brandeisen nach dem es noch einen langen, lauten Flammenstoß abbekommen hatte. Auf dem Korbrand balancierte er hinter Xenia, fasste eine ihrer Brüste und drückte mit der anderen Hand den Glut heißen Hahn auf ihre Arschbacke. Während sie markerschütternd brüllte, beugte er seinen Oberkörper nach hinten und drang in sie ein.
Er kam auf den eingebrannten Hahn, löste ihre Fußfesseln und die Handgelenksschellen und hielt sie an den Rippenbögen fest. Unter dem Korb tauchte eine kleine Ortschaft auf. Ein Fußballplatz mit Sportlerheim. Als er die Arme weit von sich streckte und ihre Füße den Kontakt zum Rand des Korbes verloren hatten spuckte sie ihm ins Gesicht und verschwand mit einem gellenden Schrei und irrem Blick.
Zeit für die Reinigung und ein gutes Glas kalten Prosecco.

FC Wacker 04
Die Spieler des FC Wacker 04 hatten sich ein großes Superjakuzzi geleistet um nach dem Training auch etwas Wellness zu genießen. Heute war zwar kein Spiel, aber Holger, der Mittelstürmer und Torgarant des FC Wacker, feierte den letzten Tag seines Singledaseins mit der ersten Mannschaft und mit drei extra für ihn bestellten Prostituierten. Studentinnen aus der nächsten Großstadt, die sich mit speziellen Events etwas dazu verdienten. Die Mannschaft hatte es sich etwas kosten lassen, die Girls hatten über, den am Boden liegenden Fußballern bereits einige Verrenkungen und Versenkungen getestet.
Alles war zu Krisi Haynds „Don`t get me wrong!" passiert. Auch die Sahnesachen. Die Titten hatten im Beat gewippt

und die Stringtangas waren eher eine Zugabe als ein Hindernis. Jetzt am Nachmittag, gestärkt durch Kaffee, Sekt und Kuchen, den die nichts ahnenden Spielerfrauen gebacken hatten, endlich zum Superschaum Event in den Keller gestiegen, als es oben einen mächtigen Rumms gab. Krieg, Sabotage, Luftangriff mitten in der schönsten Wellness.
„Now the damage is done", sang Krisi Haynd gerade, als die ersten Spieler auch schon aus der Superwanne hüpften. Bei „I stumble and fall" und „I`m only human on the inside" wurden die ersten Badetücher um die Lenden gewickelt und die Treppe zur Gasstätte des Sportlerheims genommen. Alles dauerte seine Zeit. Die Jungs waren schon ganz schön bedüddelt.
Sie war auf dem Dach des Sportlerheims gelandet, hatte ein paar Ziegel mit sich gerissen und lag nun direkt auf der Treppe vor der Eingangstür. Sie lag da in schwarzen Strapsen, etwas verbogen und blutverschmiert in mitten roter Ziegelsplitter. Krisi Haynd sang im Keller gerade „For ever young". Sie sah sehr tot, verrenkt und blutig aus, hätte aber ansonsten toll auf die Feier gepasst, so wie sie angezogen war. Jetzt war guter Rat teuer. Wie sollte man sowas erklären? Den Spielerfrauen, den Spielermüttern, den Spieler- schwiegermüttern und allen, die nicht eingeladen wurden?
„His lips everywhere", die, die unten geblieben waren, der Mittelstürmer Holger, der Torwart mit den großen Händen und ein Brachialverteidiger a la Rubesch, hatten es sich mit den drei Mädels aus Tschechien im Jakuzzi so richtig gemütlich gemacht. „Feels good, it`s all wright.."
Gott sei Dank waren da mindestens fünf Familienpackungen Antifamiliengummis gekauft worden. Draußen vor dem Fußballplatz bückten sich drei im Sarong über die vom Dach herabgerutschte Schöne.

Dann schauten sie alle drei gleichzeitig in den Himmel, konnten aber außer ein paar Schönwetterwolken nichts entdecken.
„Da, sie hat einen Hahn am Arsch!"
„Tatsächlich. Eine Art Chianti Werbung als Tatoo."
„Aber was machen wir jetzt mit der?"
„Wir haben die drei Mädels bis morgen früh gebucht und genau so lange haben wir frei bekommen. Wenn wir jetzt gleich die Bullen anrufen ist alles vorbei, ich muss unbedingt noch den Druck von der Flöte kriegen."
„Es scheint sie keiner außer uns gesehen zu haben, wenn wir also sagen, sie sei dreihundert Meter weiter westlich gelandet?"
„Dann wäre sie in den Fluss gefallen und alles wäre paletti, oder?"
„Und die paar Ziegel sind morgen schnell wieder ausgewechselt!"
„Ja genau! Also los, ich nehme die Arme und ihr die Beine!"
Sting sang im Keller: „Roxan, you don`t have to put on the red light, those days are over…"

Die Unvergleichliche

"Welch Ideal aus Engelsphantasie
Hat der Natur als Muster vorgeschwebt,
Als sie die Hüll um einen Geist gewebet,
Den sie herab vom dritten Himmel lieh?
O Götterwerk! Mit welcher Harmonie
Hier Geist in Leib und Leib in Geist verschwebet!
An Allem, was hinieden Schönes lebet,
Vernahm mein Sinn so reinen Einklang nie.
Der, welchem noch der Adel ihrer Mienen,
Der Himmel nie in ihrem Aug`erschienen,
Entweih vielleicht mein hohes Lied durch Scherz.
Der kannte nie der Liebe Lust und Schmerz,

Der nie erfuhr, wie süß ihr Atem fächelt,
Wie wundersüß die Lippe spricht und lächelt.
Wann die goldne Frühe, neugeboren
Am Olymp mein matter Blick erschaut,
Dann erblaß` ich, wein und seufze laut:
Dort im Glanze wohnt, die ich verlohren!
Grauer Tithon! Du empfängst Auroren
Froh auf`s neu sobald der Abend taut;
Aber ich umarm erst meine Braut
An des Schattenlandes schwarzen Toren."

„Das ist richtig schön! Wäre es nicht so makaber verpackt", sagte die Kommissarin und die anderen nickten alle.
Helga hatte wieder eine Nachricht bekommen, Sunyboy hatte sie ebenfalls wieder aus dem Italienischen übersetzt.
„Also das mit dem Hubschrauberpuff können wir, glaube ich, vergessen", sagte die Azubine.
„Da wird es noch eine Aussprache mit Oberst Henschel geben. Dass Rüdesheimer bisher nicht kontaktiert wurde, ist ein mehr als glücklich zu nennender Umstand. Ich glaube auch, das ist ein ernst zu nehmendes Friedensangebot".
„Was sich da bei Roskolnikow trifft, ist wirklich erste Sahne, das Esteblishment schlechthin. Das macht mir etwas Angst. Das ist wie ein Hornissennest. Und ob der uns wirklich alle Kunden und Dienstleisterinnen genannt hat, ist auch noch nicht klar", sagte Roderich Goppenweihler.
„Vielleicht hat er sie ja ganz woanders getroffen, freischaffend unterwegs, das kann ja auch sein. Die inserieren oft auch auf eigene Faust, hast du ja gehört", meinte Hyssen.
„Was ist jetzt zu tun, was sind die nächsten Schritte?" Herbert Liebstöckel versuchte sie wieder auf produktivere Gleise zu stellen.

„Wir müssen noch mal zu Roskolnikow, aber diesmal gehen die Azubine und ich", sagte Helga Reitemich.
„Und dann müssen wir noch mal mit Oberst Henschel Kontakt aufnehmen und einige Sachen klären", meinte Rosa Deithard, an die Kommissarin gewandt.
„Ich schau mir noch mal die Damen aus dem Bad Weilersheimer Edeletablisment im Computer an", sagte Liebstöckel.
„Wir müssen auch noch in andere Richtungen ermitteln", meinte Goppenweihler.
„Wenn sie nicht aus einem Hubschrauberpuff geflogen sind, womit können sie denn dann transportiert worden sein?"
„Ich muss gerade daran denken, wie die bei „Papa Luna" die Viecher einkassieren, aber das ist ja die verkehrte Richtung", meinte Hysen und spielte damit auf einen Film mit Moritz Bleibtreu an.
„Also ich hab da gerade so ein Bild im Kopf. Die fliegen mit einer kleinen Maschine irgendwo hin, hoch genug, machen einen Tandemsprung und ficken die Damen ordentlich durch, bevor sie sie ausklinken", die Idee kam von Liebstöckel.
„Aber wie funktioniert das mit den Brandzeichen, vielleicht vorher im Flugzeug?" fragte Goppenweihler und sah dabei nicht gerade bedeutend aus.
„Er schubst sie aus seinem Ballonkorb!" rief Rosa Deithard.
„Und bevor er sie schubst fickt er sie und brennt ihnen einen Hahn auf den Arsch"; sagte die Kommissarin.

Einmal Fluss und zurück

Die zwei an den Beinen gingen voran. Der Fußballer an den Armen kam ganz schön ins Schwitzen, obwohl die Frau nicht schwer war. Es war nur der flotte Gang seiner Sportskameraden und er dachte bei sich, du kannst jetzt nicht schlapp machen.

Noch eine Biegung des Flusses mussten sie hinter sich bringen. Am hohen Schilfgras vorbei, kam eine größere Bucht in Sicht.
Sie standen jetzt im Sommer drei Meter über dem Wasser. Im Winter, bei Hochwasser, kam es manchmal vor, dass da wo sie jetzt standen, das Wasser einen Meter über ihren Köpfen rauschte. Für so ein kleines Flüsschen schon ein gewaltiger „Tidenhub".
Sie standen also ganz dicht an der Böschung und schwangen die Frau über die Sandabbruchkante. Dabei zählten sie: „Eins, zwei.."

Zwei der Damen hatten den großen Verteidiger mit Babyöl eingeglitscht. Er lag hinter dem Wirlpool und genoss die vierhändige Massage. Auf dem Bauch liegend hatte er etwas Mühe mit der zunehmenden Erektion seines Schwanzes.
Die vier Hände waren überall. Eine war immer irgendwo auf seinem Rücken, auf seinem Arsch, an seinen Füßen und Zehen und zwischen seinen Oberschenkeln, so gut es in der Bauchlage eben ging. Dann konnte er es nicht mehr aushalten und musste sich auf den Rücken drehen. Sein Glied schnellte hoch, wie eine startbereite Rakete. Eine der Damen kletterte schnell auf seine Rute und die andere schwang sich über sein Gesicht. Die Frauen beugten sich nach vorn und sogen an ihren Zungen. Als es ihm zu schnell wurde, hob er die Frau auf die Beine. Die Frau mit den schwarzen Locken, die auf seinem Gesicht saß, lies sich die Chance nicht entgehen, und strich ihm mit der Zunge von der Eichel bis zum Ansatz. Dann lies sie seinen Schwanz ganz in ihren Mund gleiten. Die Blonde nahm ihren Kopf in die Hände und bestimmte nun Takt und Intensität, bis sie sich abwechselten. Er brauchte eine Pause und schob sich unter den Frauen von der Massagebank herunter.

Die Damen leckten sich jetzt gegenseitig während er um die Massagebank herum ging, um sich das Schauspiel von allen Seiten zu betrachten. Dann schwang er sich wieder auf die Massagebank in die Hocke und drückte seinen harten Schwanz in die Arschfotze der oben aufsitzenden Blonden. Zuerst langsam mit der Schwanzspitze immer schön raus und rein, vergrößerte er die Bereitschaft des Hinterns, ihn immer tiefer willkommen zu heißen. Als die Tigerarmy ihren Countrypunk zum Besten gaben, Slideguitar und standing Bas, gelang es ihm seinen Schwanz in voller Länge von außen in ihren Hintern zu schieben, während die unten liegende Schwarzhaarige ihren Kitzler tanzen lies.
Er kam gewaltig auf der Zunge der unten liegenden Dame und auf dem Arsch der Blonden.
Torwart und Stürmer hatten derweil gut im Wirlpool zusammen gearbeitet und die brünette Dame mit dem frechen Kurzhaarschnitt toll in ihre Mitte genommen. Das Wasser wurde heftig hin und her geklatscht. Als ihnen der Saft hochstieg setzten sie sich auf den Rand des Beckens und genossen ihre gleichzeitige Massage. Nachdem sie ihre Körpersäfte über die fleißige brünette Dame gespritzt hatten, entstand eine angenehm ruhige und entspannte Atmosphäre im Wirlpool.
Ein großes Glas Sekt konnte jetzt nichts schaden.

Bei drei wollten die drei am Fluss eigentlich loslassen, aber da schrieen auf einmal zwei Männer: „Seit ihr verrückt? Wir sind hier beim Angeln. Badet gefälligst wo anders!"
Von diesem Schrecken gelähmt, waren die drei Fußballer außerstande ihre Hände zu öffnen und die Frau fliegen zu lassen. So klatschten alle vier ins Wasser. Und weil das eine Ufer so steil und hoch war, mussten sie direkt vor dem angelnden Pfarrer und dem Bürgermeister wieder an Land. Das sorgte für Diskussions- und Erklärungsbedarf.

„Ihr könnt sie nicht einfach so in den Fluss werfen Jungs!" sagte der Bürgermeister, eine richtige Respektsperson im Dorf. Der kannte alle Fußballer beim Namen.
Bürgermeister und Pfarrer hatten auf alle Fälle Verständnis für diese heikle Situation. Die Frau musste wieder zurückgebracht werden und beide wollten sich vor Ort eine Lösung des Problems überlegen. An Angeln war jetzt sowieso nicht mehr zu denken.
Davor wollte man aber mit den anderen Damen reden. Sie hievten die Frau aus dem Himmel in die große Wildwanne im Kombi des Bürgermeisters, der ein passionierter Jäger war, und legten eine Plane darüber. Der Pfarrer machte ein knappes Kreuzzeichen und lies die Klappe runterfallen. Arme und Beine der Frau waren noch flexibel, dafür waren die Glieder der beiden älteren Herren schon etwas steif.
Die Frau war tatsächlich auf das Dach des Sportlerheims gefallen. Man sah deutliche Spuren. „Wenn wir da unten fertig sind, dann schicken wir eure Mädels heim und legen die da wieder zurück auf ihren Platz " sagte der Bürgermeister und trank dem Pfarrer zu. Beide hatten sich erst einmal ein frisches Bier gezapft. Noch mal nachgeschenkt, mit frischem Schaum im Glas, ging es dann runter zum Whirlpool, der Fußballer.

Der Supergau

Sie wurden zu einem Sportlerheim gerufen. FC Wacker 04. Dort habe es eine Tote, einen Toten und einen Verletzten gegeben.
Der Pfarrer lag im Sanka, war schwer verletzt und stand unter Schock. Die Infusion brachte auch Schmerz- und Beruhigungsmittel in die Adern.
Die hatte er auch bitter nötig.

Die Streife hatte sofort Verstärkung vom Kommissariat angefordert, denn die Tote in der Jagdwanne und die anderen sehr makaberen Umstände waren einfach zu viel für die Trachtentruppe.
Aus den Verhören, die Fr. Reitemich und ihre Gruppe im Sportlerheim führten, ergab sich folgendes Bild. Es war eine junge, hübsche Frau mit tätowiertem Hahn auf der Arschbacke zu einem sehr unpassenden Zeitpunkt vom Himmel gefallen. Bürgermeister und Pfarrer wollten nach einer kleinen Beteiligung am Wellnessprogramm helfen alles wieder in Ordnung zu bringen, hatten sich aber leider dabei zu sehr verausgabt, wie sich jetzt herausstellte. Bürgermeister und Pfarrer hatten ihr Bier auf den Rand des Whirlpools gesellt und sich dann aus der Trikolore für weiß entschieden. Man wollte ja nicht zu sehr aus der Art schlagen. Sie nahmen die Frau mit den größten Titten und dem üppigsten Gesäß in ihre Mitte. Der Bürgermeister drang von hinten in sie ein während der Pfarrer sich schnell noch bekreuzigte bevor er sich den Schwanz massieren lies und dabei ihre wippenden, ins Wasser klatschenden Brüste mit den großen Pfaffenhänden wog. Die Frau beugte sich nach vorn, um dem Dorfoberhaupt ihren schönen Arsch noch besser präsentieren zu können und fing an, sich mit dem dicken geilen Pfarrersschwengel die Backen auszustopfen.
„Heilige Mutter Gottes, Jesus und Maria!" stieß der Pfarrer hervor und es ergab sich ein hin und her, ein vor und zurück, dass das Wasser nur so schwappte und der Frau an die Brüste klatschte. Der Bürgermeister hatte einige Schwierigkeiten seinen Schlegel in der Arschfotze zu platzieren, blieb aber hart am Ball. Als es ihm endlich geglückt war, gab die Frau einen kleinen Seufzer zum Besten und blies den Pfarrer was das Zeug hielt. Sie schob sich den heiligen Schlegel immer tiefer in die Backen und grub ihre Fingernägel in den Pfaffenarsch. Der Bürgermeister lies jetzt seinen Pimmel ein paar Mal ganz

raus und wieder einfahren, setzte sich ein Schaumkrönchen auf und rief: „So macht Baden Spaß!" Es sollten seine letzten Worte sein, denn kaum ausgerufen verdrehte er die Augen und fiel mit solcher Wucht nach vorn auf den Rücken der Frau, dass diese in die Tiefe gerissen wurde und mit ihr der heilige Schlegel. Verwirrung und Entsetzen waren die Folge, die Feierlaune war nun endgültig dahin. Die gemieteten Damen zogen sich kaum etwas an und waren dann auch schon auf und davon, allerdings nicht ohne sich doch noch schnell vom Mittelstürmer und Kassenwart des Events bezahlen zu lassen. Sonderbonus für die zwei Neuen inbegriffen.
Der Bürgermeister lag auf dem Rand des Pools und tropfte. Der Pfarrer hatte sich ein Handtuch zwischen die Beine geklemmt und lief jammernd und wimmernd im Raum auf und ab.
Die Spieler hatten den Rettungsdienst angerufen, der holte die Polizei und die hoffnungslos mit der Situation überforderte Streife rief das Kommissariat.

Als man die Tote aus der Jagdwanne gehoben hatte und die Spieler sich an die Position des ursprünglichen Begegnens erinnerten, fiel Rosa Deithard der Hahn auf, alle waren wie elektrisiert.
„Schafft sie in die Gerichtsmedizin und wir werden Tierblut und Sperma finden, davon bin ich überzeugt", meinte Roderich Goppenweihler und kratzte sich am Ohr.

Die erste Bergbesteigung

Sie hatte wieder eine Nachricht erhalten.
Unter dem Scheibenwischer ihres Autos steckte ein Brief, als sie nach dem Duschen wieder ins Kommissariat fahren wollte. Sie war noch mal ausgestiegen, hatte sich Aids Handschuhe übergestreift

und den Scheibenwischer hochgehoben. Trotzdem war der Brief nicht gleich von der Scheibe zu lösen. Er war zusätzlich fixiert, war dann aber doch von der Frontscheibe ihres Gasautos zu nehmen.
Sunyboy musste wieder übersetzen und hatte auch gleich den „Klebstoff" analysiert der den Brief auf der Scheibe hielt.
Als sie im Teamraum alle zusammengekommen waren eröffnete er Helga, dass sie da mit Sperma gekämpft hatte.
„Der hat auf mein Auto gewichst, diese Drecksau!" schrie die Kommissarin verzweifelt angewidert in die Runde.
„Das ist jetzt nicht mehr lustig, da hört der Spaß wirklich auf", meinte Goppenweihler entrüstet.
„Der war dir schon ganz schön gefährlich nahe", sagte Liebstöckel zu Frau Reitemich.
Hysen las die Verse vor, die Sunyboy aus dem italienischen übersetzt hatte.

O Tag, o Stund, o letzte Augenblicke!
O Sterne gegen mich zum Raub verschworen!
O treuer Blick, war `s dies, was ich umflohren.
Dich sah, von dir mich trennend und vom Glücke?

Damals war`s noch nicht hell vor meinem Blicke;
Ich glaubt`- o Glaub`aus Traum und Schaum geboren!
Ein Teil nur sei, nicht alles mir verloren!
Ach wie verweh`n im Winde die Geschicke!

Im Himmel war`s entschieden und beschlossen,
Das Licht zu löschen, das mein Leben nährte,
Und stand im bittersüßen Blick geschrieben.

Ein Schleier aber hielt mein Aug umflossen,
Der, was ich sah, zu sehen mir verwehrte,
Und völlig ahnungslos bin ich geblieben.

„Wieder von Petrarca Francesco", sagte Sunyboy.
„Den höchsten Berg dieser Gegend, den man nicht unverdient Ventosus, den Windumbrausten nennt, habe ich am heutigen Tag bestiegen, einzig von der Begierde getragen, diese ungewöhnliche Höhenregion mit eigenen Augen zu sehen.
Mit der Besteigung des Mont Ventoux, am 26. April 1336 und seinen Naturschilderungen beschreibt Petrarca den Übergang von der scholastisch mittelalterlichen Tradition, der Dante noch verpflichtet war, zu einer neuen Zeit", las Goppenweihler vor.
„Er entdeckte durch bewusste Wahrnehmung der Natur das, was wir Geopsyche nennen, die Ausstrahlung, die Seele eines Ortes, das was die Alten „Genius loci" nannten".
„Es ist etwas in der Örtlichkeit, es ist sogar sehr viel in ihr", sagt Petrarca.
„Es geht ihm dabei um intensive Selbstwahrnehmung; Körpergefühl und Selbstbewusstsein bilden sich über jedes bisher bekanntes Maß hinaus", und weiter heißt es, las jetzt Liebstöckel weiter, „Da er aber an die Grenzen seiner Leistungsfähigkeit stößt, wird er sich auch des Risikos bewusst, in das er sich begeben hat und die lustvolle Selbsterfahrung droht in Angst umzuschlagen. Er wird mit der Angst fertig, indem er nach einer Begründung für sein Unternehmen sucht, die über die Wahrnehmung des antiken Beispiels hinausgeht".
„Auf dem Gipfel ist er überwältigt von der Weite des Blicks", las Hysen.
„Das alles passt genau zu dem, was unser Verrückter macht", meinte Rosa Deithard.

„Er stößt ganz weit oben bis an die Grenzen seiner Leistungsfähigkeit vor. Es geht ihm um absolute Selbstwahrnehmung und dazu muss er ficken und töten".
„Ich glaube auch, dass wir hier auf etwas sehr wichtiges gestoßen sind", meinte Liebstöckel.
„Es geht um Selbstverwirklichung und Macht und die Überhöhung dessen, was Petrarca auf dem Mont Ventoux erlebt hat".
„Und du könntest für ihn seine Laura sein", meinte Rosa Deithard, die Azubine.
„Da bedanke ich mich auch schön", sagte die Kommissarin, „aber ergeben sich für uns aus diesen ganzen humanistischen Seufzern des Herzens irgendwelche Anhaltspunkte, die zur Person führen könnten"?
„Die 366 Gedichte des Canzoniere und auch das Jahr der ersten Begegnung mit Laura 1327 weisen auf ein Schaltjahr hin. Wir haben jetzt ein Schaltjahr und er ist ausgebrochen wie ein großer Vulkan, eruptiv, schon lange unter sehr viel Druck gestanden", meinte Liebstöckel.

„Du hast natürlich recht, wenn du darauf hinweist, dass wir durch unsere Renaissancestudien ihm bisher nicht wirklich näher gekommen sind. Auf der anderen Seite hilft es uns vielleicht weiter, wenn wir seine Motive und seine Psyche verstehen."
„Ok, Herbert, das sehe ich ein. Ich möchte trotzdem noch mal zu Roskolnikow ins „El Capitan" nach Bad Weilersheim. Ich glaube, da können wir noch was für uns ausloten. Roskolnikow weiß mehr, als er euch damals gesagt hat. Wenn ich ihn etwas unter Druck setze, kommt er vielleicht noch mit einigen Informationen rüber. Ihr wisst ja, dass ihm Diskretion heilig ist, und da muss man manchmal kleine Opfer bringen".
„Ein wunderschönes Oxymoron, was übrigens auch ein Zeichen für Petrarcas Schreibweise ist, der öfter mal in sich

widersprüchliche Wendungen gebrauchte", meinte Goppenweihler.
„Und im übrigen hast du recht, ich glaube auch, dass der uns nicht alles erzählt hat", sagte Hysen Hasanaj.
„Ich glaube so von Chefin zu Geschäftsführer wäre da noch etwas für uns zu erfahren".

Bad Weilersheim

„Sie wollen noch mal nach Bad Weilersheim?" fragte Heiko Rüdesheimer und zeigte ein zerfurchtes, gequältes Gesicht, als habe die Kommissarin den dümmsten Vorschlag gemacht, den man sich nur vorstellen kann.
Er zwickte sich einen großen Lupenzwickel ins Auge und betrachtete die Zacken einer seiner Lieblingsbriefmarken.
„Jawohl!" sagte er und Fr. Reitemich dachte schon, er meine damit ihr Ansinnen Richtung Igor Roskolnikow, aber „Es ist noch alles so, wie es zu sein hat" und damit schob er die Briefmarke mit der Pinzette wieder an ihren Ehrenplatz.
„Was sagten sie gerade, Fr. Reitemich – ach ja, Herr Roskolnikow. Seien sie bloß vorsichtig! Da gehen pikante und wichtige Persönlichkeiten ein und aus. Ich möchte keine Beschwerden von ganz oben bekommen, verstehen sie?
Behutsamkeit ist angesagt. Behutsamkeit und empfindsames, verständnisvolles Vorgehen, falls sie dazu überhaupt in der Lage sind, meine Liebe?"
Rüdesheimer zog eine weitere Briefmarke aus ihrer Leiste und sein Auge erschien riesig hinter der Lupe.
Frau Reitemich beherrschte sich und zwang sich, Homo Ökonomikus zu sein. Sie brauchte ihren Chef eventuell für mehr Druck auf Roskolnikow oder zumindest eine Aussicht auf Erfolg bei der Staatsanwaltschaft.
„Fürwahr eine sehr heikle Angelegenheit, Chef", säuselte sie deshalb in die Richtung des Briefmarkenungeheuers.
Sie kam sich vor, wie in einem Kafkafilm.

„Ich werde ihren Rat befolgen und natürlich sehr zurückhaltend und diskret vorgehen".
„Beschränken sie ihre Ermittlungen auf die Arbeitnehmerschaft und lassen sie mir ja das Klientel in Frieden, meine Liebe Kommissarin. Wenn sie mir Schwierigkeiten bereiten, dieses Jahr wird die Besetzung der Dezernatleitung vakant, wenn sie mir das versauen sollten, dann mache ich ihnen die Hölle heiß!" Er stierte sie mit seinem überdimensionalen Auge an und der Kommissarin wurde langsam schlecht.
„Wenn sie endlich eine brauchbare, verwertbare Spur haben, dann lassen sie mich das sofort wissen, ich gebe ihnen nicht mehr viel Zeit. Diese Angelegenheit ist einfach zu pikant für ihre gewöhnlichen Stümpereien Frau Reitemich. Also machen sie sich behutsam an die Arbeit. Bringen sie mir Ergebnisse, mit denen man etwas anfangen kann. Wir verstehen uns? An die Arbeit meine Liebe! Husch, Husch", und damit winkte er sie hinaus. Geschafft ohne zu explodieren, dachte sie, als sie die Tür hinter sich geschlossen hatte.
Sie bog zusammen mit Rosa Deithard in ihrem Gas Fiat in die Kiesauffahrt des Clubs El Capitan und fuhr die Zypressenallee hinauf, um direkt vor dem Hauptgebäude zu parken. In Richtung des Golfplatzes entstand gerade ein neuer großer Badesee, der ein zusätzliches Angebot mit bioökologischem Sex- touch darstellte und wieder eine Angebotslücke schloss. Im Sommer könnte man dann Longdrinks auf Tropenholz mitten im Badesee genießen. Die Bepflanzung machte einen mediterranen, subtropischen Eindruck, der Duft der Bougainvillea war jetzt schon betörend. Duft und Farben ließen einen auch um das Haupthaus herum eher an die Toskana, als an ein bayerisches Landidyll denken.
Rosa blieb im Wagen und hatte die Order nur im äußersten Notfall, sollte der Piepser nicht mehr zu hören sein, nach ihrer Chefin zu sehen.

Die große getönte Glastür fuhr wie von Geisterhand zur Seite und die Kommissarin betrat das geräumige Entre, das durch die Pracht der Fliesenornamente, der Gemälde und Skulpturen in weiß, schwarz, türkis und dunkelblau, schon mehr als erahnen lies, worum es in dieser Villa ging. Die Frau, die die Kommissarin empfing, war wie ein Schlag in Frau Reitemichs Magengrube. Das türkisfarbene, enganliegende Kostüm, war nahezu durchsichtig.
Die Brüste groß und spitz, sie brauchten keinen BH unter dem dünnen Chiffon.
„Herr Roskolnikow erwartet sie in seinem Penthaus, Frau Reitemich. Nehmen sie den Aufzug und drücken sie auf die drei. Oben dann immer gerade aus".
„Danke!" stammelte die Kommissarin, die sich immer noch nicht erholt hatte. Die Beine waren fast ein bisschen unverschämt zu lang und mündeten in einen perfekt geformten Arsch, der sich nicht zu viel und nicht zu wenig hervorhob, und sehr markant und bombastisch die Beine verlängerte.
Die langen schwarzen Haare bedeckten den ganzen Rücken. Die Empfangsdame der Superlative manövrierte Frau Reitemich geschickt in den Aufzug und drückte auf die drei. Als die Tür des Aufzugs sich langsam schloss, hatte Helga Reitemich eine weitere Erscheinung.
Die Frau schaute sie durchdringend an und leckte ihren Mittelfinger langsam mit ihrer großen, spitzen Zunge, während sie die andere Hand unter ihren fast nicht vorhandenen Minirock schob. Aber dann war die Tür auch schon zu und der Aufzug fuhr ab nach oben. Realität oder Trugbild einer obszönen Tagträumerei? Sie würde es vermutlich nie erfahren.
Die Tür des Aufzugs glitt auf. Ein heller und ein lichtdurchfluteter Gang, breit genug für viele Pflanzen und zwei große blaue Papageien, führte nur zu einer großen torähnlichen Tür. Der Rahmen aus glänzendem

schwarzem Marmor, die Tür in hellem Mintgrün öffnete sich, als die Kommissarin davor stand.
„Einen wunderschönen guten Tag, Frau Reitemich", sagte Roskolnikow und strahlte über sein markantes Gesicht.
„Ich dachte mir schon, und ich habe mich sehr darauf gefreut, dass sie mich selber auch einmal besuchen werden".
„Die Freude ist ganz auf meiner Seite, Herr Roskolnikow", erwiderte die Kommissarin. Der Mann gefiel ihr auf Anhieb wirklich ausnehmend gut. Unter seinem leichten, schwarzen Sommersakko trug er ein durchsichtiges, anthrazitfarbenes, musterloses Hemd. Das war gut so, denn so kam sein Sixpack Waschbrett sehr gut zur Geltung.
Seine Brust war unbehaart und stark, seine Schultern breit und der Händedruck war sanft im Gegensatz zum Händedruck von Frau Reitemich. Jahrzehntelanges Training mit der Handfeder beim Autofahren oder Lesen, hatten ihre Unterarmmuskulatur gestählt.
Sie tauchte ihre grünen in seine blauen Tiefseeaugen und ließ sich von Roskolnikow in das Penthaus führen.
Von einer Bibliothek mit Bar, die als Empfangs- und Konferenzraum diente, führte ein langer Gang zur Dachterrasse. Sie war mit vielen grünen und blühenden Pflanzen angenehm schattig gestaltet. Ein kleiner Wasserfall ergoss sich wie aus dem Nichts kommend, in einen großen dampfenden Whirlpool.
Um den Pool stand eine große ausladende Sitzgruppe in schönes Holz eingelassen das sich rund um den Pool in geschliffenen Brettern fortsetzte.
Das Holz hatte eine sehr eigenartige Struktur und schien zu duften. Aus dem Pflanzendickicht hörte man Vogelgezwitscher und barocke Gitarrenmusik.
„Wir sollten erst etwas trinken Frau Kommissarin. Es ist ein heißer Tag und man muss auf seinen Flüssigkeitshaushalt achtgeben. Wie wäre es mit einem Glas kalten Weißwein?

Ein sehr angenehmer weißer Burgunder aus dem Kaiserstuhl, ein Riesling aus den Vogesen, oder einen Strohwein aus den französischen Alpen?"
Die Kommissarin entschied sich für den Strohwein aus dem französischen Jura.
Er wurde von einem jungen Herrn serviert, der mit einem großen arabischen Tablett aus dem Dickicht auftauchte. Der Mann war dunkelbraun bis schwarz, hatte schwarzes langes glattes Haar. Seine Seidenhose war durchsichtig, Bauch uns Arsch phänomenal. Unter der Seidenhose trug er eine Art traditioneller japanischer Unterwäsche, die über dem Hosenbund und über seinem wundervollen Gesäß mit einem goldenen Metallring zusammengehalten wurde.
Auf einer der durchtrainierten Brüste hatte der junge Mann eine Narbe, die aber eher wie eine rituelle Zeichnung wirkte. Die Kommissarin leckte tagträumerisch die Narbe entlang und dann den Bauch abwärts, zog ihm sein Seidenhöschen aus und wog dann das schwarze Suspensorium in ihrer Hand. Sie schob den Stoff zur Seite und betrachtete sich die sich ihr entgegen rekelnde Schlingpflanze. Sie konnte nicht anders, sie musste einmal mit ihrer Zungenspitze den dunklen Schwanz entlangfahren, das genügte schon um ihn ganz zu entfalten und aufzurichten.
Frau Reitemich sollte offenbar sehr geschmeichelt werden.
Auf dem Tablett stand die Flasche Strohwein in einem Kühler, zwei wunderschöne extravagante Weingläser und ein großer Teller mit verschiedenen Fischkanapees.
Die Kommissarin schlüpfte aus ihren Schuhen, setzte sich auf eines der großen Sofas und lies sich bedienen. Der Wein duftete herrlich und hatte eine feine Farbe. Stroh, Heu und Vanille lagen in der Luft und auf der Zunge gesellte sich ein Hauch Papaya dazu.
Die Fischkanapees schmeckten kühl und frisch.

„Herr Roskolnikow, nach dieser wunderbaren Erfrischung, ich fühle mich wirklich wie in einem Märchen aus tausend und einer Nacht, jetzt sollten wir doch auch auf meinen Fall zu sprechen kommen."
Der junge Mann, der sie bedient hatte half ihr aus der Jacke und wartete unmissverständlich auf das Hemd. Beides hängte er ordentlich über Bügel. Er trat hinter sie und begann sie zu massieren. Die Schulter- und Nackenmassage war angenehm entspannend. Die Nippel ihrer Brüste in ihren schwarzen BH Schalen wurden steif und hart. Roskolnikow trat von vorn an sie heran und zog ihr langsam und behutsam die Hose aus. Während ihr eines Bein, die Wade und der Fuß massiert wurden, hatte sie den anderen Fuß auf dem Genitale des Geschäftsführers und strich seinen dicker werdenden Schwanz auf und ab.
„Deswegen sind sie ja hier sehr geehrte Frau Reitemich, ich stehe ihnen ganz zur Verfügung. Kommen sie mit in den Pool Frau Reitemich. Wie werden uns entspannen und ich erzähle ihnen, was sie wissen wollen. Niboa kann uns bei ihren Nachforschungen ebenfalls behilflich sein".
Niboa hatte bereits eine der Brüste aus ihrem jetzt viel zu engen Korsett befreit und saugte und lutschte leicht den Nippel der Kommissarin und massierte gleichzeitig die andere Brust.
Dabei hatte sich Roskolnikow schon seiner Kleider entledigt und lies sich in das angenehm kühle Wasser gleiten. Über dem Pool war eine breite, bequeme Schaukel befestigt. Helga und Niboa folgten seinem Beispiel. Die Kommissarin legte sich im flachen Wasser zwischen die Schenkel von Niboa und genoss das Blubbern und die optimal dosierte Stärke der Wasserstrahlen aus den Düsen. Der Südafrikaner massierte ihre Brüste während Roskolnikow die Innenseite ihrer Schenkel mit einer beweglichen Schlauchdüse massierte und diese dann auf ihr Allerheiligstes richtete. Der

Düsenkopf war einem stattlichen Penis nachgestaltet mit dem Roskolnikow jetzt langsam kreisend ihre Klitoris massierte bevor er damit in sie eindrang. Die künstliche Eichel pulsierte, rotierte und vibrierte in alle erdenklichen Richtungen und Formen und sie kam schnell während Niboa an ihrem Nippel saugte und den anderen zwischen seinen schönen, langen Fingern drehte. Frau Reitemich verdrehte die Augen, spuckte auf den braun schwarzen Schwanz und wichste ihn härter. Der Afrikaner hielt es nicht mehr aus. Er zog sich auf die Schaukel und lies sich von der Kommissarin seinen Schwanz massieren und blasen während Roskolnikow sich selber wichsend eine Brust von Frau Reitemich leicht und flockig durch seine andere Hand gleiten lies. Dann schob er ihr langsam seinen Schwanz von Hinten in die Pussy und glitt wieder heraus um sich selber zu wichsen.
Niboa hob sich Frau Reitemich auf die Schaukel und als Roskolnikow langsam in ihre Arschfotze eindrang sah Helga das zweite Mal an diesem herrlichen Tag die Sterne funkeln vor Glück.
Beide Männer kamen gleichzeitig und Frau Reitemich sah ein herrliches Strandfeuerwerk mit vielen weißen Lichtreflexen, die sich in ihren Körper ergossen.
Der Südafrikaner zog sich diskret zurück und Roskolnikow schenkte kühlen Wein nach.
„Das ist ein guter Tag Frau Reitemich. Für das polizeiliche Interview stehe ich ihnen jetzt gerne zur Verfügung".
Sie stiegen beide gleichzeitig aus dem Pool, trockneten sich ab und zogen sich wieder an. Nur die nassen zurückgekämmten Haare erinnerten an das Baden.
Im Penthaus sorgte die Klimaanlage für angenehme Temperaturen. Roskolnikows Büro war neben der Bibliothek untergebracht. Die eine Wand bestand aus fünfundzwanzig großen Flachbildschirmen, auf denen die einzelnen Räume, Betten, Pools und Liegen des Clubs El Capitan zu sehen waren. Drei zeigten unterschiedliche

Bereiche des großen Außenpools. Mit dem Laptop auf dem Schreibtisch konnte man Einzelheiten heran zoomen und in jede der Grotten blicken.

„Ich bin kein Spanner, aber ich möchte genau wissen, was in meinem Haus passiert und vorgeht. Außerdem sitzt hier meistens unser Sicherheitspersonal. Das sind alte kampferprobte Liktoren die einschreiten, wenn jemand zu weit geht. Alles muss freiwillig und locker geschehen und das wird von hier aus überwacht.

Die sollen alle so geil wie möglich rumvögeln und können dabei auch sehr kreativ sein, aber es darf keine Gewalt geben", sagte Roskolnikow nicht ohne Stolz.

Er zoomte das Geschehen in einem der Pavillons näher heran. Eine Frau lag auf einer bequemen großen Liege und bekam eine Massage. Sie wurde aber ausschließlich mit Nippeln und Brüsten berührt und massiert. Die Augen waren mit einer kleinen schwarzen Maske verbunden, so war das taktil – somatische Erlebnis wahrscheinlich noch intensiver.

Das Gesicht, Brüste, Beine und Füße wurden bekreist, bestrichen oder leicht gedrückt, aber eben nur mit Brüsten.

„Wir sind berühmt für solche sensiblen und teuren Sachen. Sehr exklusive Wünsche, sehr ausgefallen, manchmal auch kindlich naiv, manchmal auch eher peinlich ordinär. Wir bieten einen sehr besonderen und auf die individuellen Wünsche unserer Kunden eingehenden Service an. Dies wird von äußerst zahlungskräftigen Kunden großzügig honoriert.

Was es bei uns nicht gibt und niemals geben wird, das sind Kinder, Minderjährige oder Zwangsprostituierte.

Ich verabscheue Pädophilie, und alle die mit uns zu tun haben wissen, alles erwachsene Leute, alles freiwillig, keine Gewalt und alles sehr gut bezahlt.

Wir achten auch sehr auf hygienische Verhältnisse. Das kann und darf der Kunde auch verlangen."

„Herr Roskolnikow, wir haben drei tote junge Frauen zu beklagen, von denen mindestens eine, Frau Sonia Krier, bei ihnen tätig war. Die Frauen lässt irgendein Irrer vom Himmel fallen nach dem er es ihnen gründlich besorgt hat. Bevor sie fliegen, lässt er übrigens noch zwei Hähne auf ihnen ausbluten und brandmarkt sie mit einem kleinen schwarzen Hahn auf der Arschbacke. Fällt ihnen dazu irgendetwas ein?"
„Nun, wir haben bei uns mitunter auch eine sehr verrückte Klientel mit zum Teil sehr abartigen sexuellen Neigungen und Wünschen, alles im Grünen Bereich, nichts Kriminelles".
„Aber haben sie nichts beobachtet, was sie mit meinen Morden in Verbindung bringen könnten? Hier ist übrigens ein Bild von der dritten Toten. Sie ist auf einem Fußballplatz gelandet".
Die Kommissarin gab ihm eine CD. Roskolnikow schob sie in seinen Computer und öffnete die Bilderdatei.
„Oh, merde, Verzeihung, Frau Kommissarin", Roskolnikow war sichtlich irritiert. „Die Dame hat bei uns gearbeitet. Warten sie einen Augenblick".
Roskolnikow klickte die Tote weg, öffnete eine Datei seiner Mitarbeiterinnen und hatte sie schnell gefunden.
„Da ist sie. Natalie Urbianowa. Eine Frau aus Taschkent. Ich müsste mit unserer Personalchefin reden".
„Zwei von dreien aus ihrem Haus Herr Roskolnikow. Jetzt werden sie verstehen und akzeptieren, dass wir uns ihre Besucher ein bisschen genauer betrachten müssen."
„Sie können mir nicht vorwerfen, ich wäre nicht kooperativ. Alles worum ich bitte, ist eine gewisse Unaufgeregtheit bei ihren Ermittlungen.
Die Überwachungskameras laufen immer mit, so dass sie sich einmal anschauen könnten, wer die Besucher der beiden Damen waren. Das habe ich bei Frau Krier schon getan. Wie sie sicherlich verstehen können, habe ich auch ein gewisses Interesse an der Erledigung dieser

Angelegenheit entwickelt. Man massakriert mein Personal Frau Reitemich".
„Und ist ihnen dabei irgend etwas aufgefallen oder seltsam vorgekommen?"
„Nicht wirklich, aber bei einem Besucher habe ich ein komisches Gefühl. Ich glaube ihn irgendwie anders zu kennen".
„Was meinen sie genau mit irgendwie anders?"
„Naja, vielleicht sollte ich sagen von woanders, in einem anderen Zusammenhang sozusagen. Er erinnert mich Deja vu artig an jemand anderen. Und irgendetwas stört mich an ihm, so wie ich ihn hier sehe und erlebe.
Aber schauen sie sich die entsprechenden DVDs selber an. Vielleicht wissen oder spüren sie dann auch, was, und wie ich das meine und wir kommen zu zweit irgendwie weiter."
„Das werde ich machen."
„Ich werde ihnen das Material raussuchen und hier her bringen lassen. Möchten sie noch etwas solange sie warten?"
Der Kommissarin fiel ihre Kollegin im Auto wieder ein.
„Nein danke, aber vielleicht meine Kollegin im Auto auf dem Hof. Ich gehe mal runter und sehe nach ihr."
„Ja tun sie das. Bringen sie sie mit und bis dahin sind die DVDs, die sie benötigen, zusammen mit den dazugehörigen mir bekannten Daten bei mir und wir können das Material gemeinsam sichten, wenn sie wollen."
Die Kommissarin stand auf und sagte: „Bis gleich, ich finde allein hinaus."
„Ja bis gleich, und fühlen sie sich im El Capitan wie zu Hause Frau Reitemich."
Die Tür zischte in ihre Marmorversenkung und lies sie hinaus und zum Aufzug gelangen.
Helga war im Aufzug und wollte gerade auf das E drücken als sie unter dem UG und der TG noch ein KG sah. Sie

drückte erst auf TG. Die Aufzugtür schwang auf und gab den Blick in eine geräumige Tiefgarage frei.
Es standen etwa fünfzig luxuriöse Karossen hier. Die Kommissarin zählte allein fünf Phaetons und die Tiefgarage war mit den vorhandenen Wagen noch nicht mal halb voll. Aber wo waren die dazugehörigen Menschen alle geblieben?
Frau Reitemich ging wieder in den Aufzug und drückte auf KG. Die Tür schwang auf und die Kommissarin stand vor einem großen Umkleideraum. Dort befanden sich mehrere Kleiderständer mitten im Raum und an den zwei längeren Wänden waren kleine schlanke Kleiderschränke eingebaut, die wahrscheinlich nur mit Karte funktionierten. Man hörte Musik in dezenter Lautstärke. Tom Waits sang etwas von einem langen Weg zum Frieden von der „Orphans/ Brawlers".
In den Kleiderschränken und in mehreren begehbaren Kleiderräumen waren Badeanzüge, Badehosen, exklusive Reizwäsche und Bikinis ausgestellt.
In das dunkle fast schwarze Holz waren Spiegelfliesen eingelassen.
Auf der großen Lamperie waren verschiedene venezianische Masken aufgereiht, die sowohl hinten als auch vorne nur ein halbes Gesicht hatten.
Die Kommissarin zog sich aus und entschied sich für einen dunkelgrünen knappen Bikini mit Stringhöschen und setzte sich eine passende, schwarze venezianische Maske auf.
In den Spiegelfliesen konnte sie sehen, dass alles passte. Gerade als sie fertig war, und sich wohlwollend betrachtete, verschwand die mittlere, große Spiegelfliesenreihe der hinteren Wand zweigeteilt auseinanderdriftend und gab die Sicht auf eine große, angenehm zitronengelb ausgeleuchtete Treppe frei.
Der Boden war schwarz, die Wände halb verspiegelt und halb gelb gefliest. Überall im Boden und in den Wänden befanden sich dezente runde Leuchter, integriert, die das

zitronengelbe Licht verströmten. Außerdem roch es nach reifen Zitronen, so als ginge man am Vesuv oder am Ätna durch einen Zitronenhain. Die Fliesen der Treppe waren warm, der Handlauf auch. Die Kommissarin erschrak als auf einmal Wasser aus dem Handlauf zu tropfen begann. In die Lichtreflexe auf den Fliesen und in den Spiegeln mischten sich jetzt Wellenformationen und man hörte auch eine leichte Brandung. Die Größe des Raumes überraschte sie. Auch hier setzte sich das grüngelbe Licht fort. Bob Dylan sang „You gut to serve somebody."
Die Kommissarin war in einem hellen großen Raum, der wie eine kleine Centerpark Halle wirkte. Große Pflanzen, Wasserfälle und schmale Bäche umrahmten den Pool. Über eine freihängende kleine Brücke musste sie einen Wasserlauf überqueren, um dorthin zu gelangen, wo auf einer Art Insel hinter großen gelben und roten Tüchern weitere Gäste zu sehen waren. Es waren gar nicht die Menschen selber, sondern ihre Schatten, die sich abzeichneten. Ein Mann kam hinter dem Tuch hervor und sie begegneten sich auf der kleinen Brücke. Er hatte wie sie, eine schwarze Janusmaske an und war in einen schwarz - weißen Kimono gehüllt. Beim Vorbeigehen trafen sich ihre Maskenblicke, er zog sie mit einer Hand an ihrem Arsch kurz an sich und roch an ihren Haaren.
Sie wusste sofort, dass sie in irgendwoher kannte. Dann ging er weiter, den Weg entlang, den sie gekommen war und sie schaute noch eine Zeit lang in sein falsches Janusgesicht.
Sie stützte sich auf das Brückengeländer und sah dem Treiben der Schatten zu. Sie sah deutlich den Schatten einer Frau mit großen Brüsten, die vor und unter sich jeweils noch einen sich rhythmisch bewegenden Schatten umarmte. Gerade das Fehlen aller Details machte das Bild so prickelnd.
Ein anderer Frauenschatten kam hinzu und streichelte und massierte die schönen prallen auf und nieder wippenden

Brüste. Der Schattenschwanz war jetzt nicht mehr in ihrem Mund sondern glitt an ihrer Brustwarze entlang immer wieder in den Mund der Brustmasseuse.
Die Kommissarin holte ihre Brüste aus dem Bikinioberteil und leckte sich selber ihre Nippel. Die Schattenbilder auf den großen roten Tüchern veränderten ihre Konturen und verloren ab und zu an Schärfe, die aber immer wieder kehrte und andere Stellungen und Szenarien wiedergab. Direkt unter ihr im Strömungskanal tauchte ein weißer Januskopf auf und ein großer athletisch gebauter Schwarzer kletterte aus dem Wasser auf ihre Brücke. Er stützte sich mit seinen Händen am Geländer ab, schob seine Hüfte nach vorn, holte seinen Schwanz aus der kleinen schwarzen Badehose und lies seine Pracht sehr schnell wachsen. Er beugte den Januskopf nach hinten und Frau Reitemich konnte nicht anders. Sie musste einfach zugreifen. Sie ging vor ihm in die Hocke und wichste ihn hart. Ab und zu lies sie seine Eichel über ihre Nippel flippen. Er krümmte sich noch mehr nach hinten und stöhnte auf, als sie ihn in den Mund gleiten lies. Dabei hörte sie aber nicht auf, ihn und sich selbst weiter hart zu wichsen. Er hielt es nicht mehr aus, kam nach vorn auf die Brücke und Helga legte Knie und Fuß auf das Brückengeländer. Der Januskopf ging in die Hocke und leckte ihr kräftig die Furche. Dabei wichste er sich mit der einen Hand und hielt mit der anderen ihre rechte Arschbacke. Dann stand er auf und lies seinen Schwanz langsam kreisend in ihre Muschi gleiten. Er machte kleine rotierende Bewegungen aus der Hüfte. Mit der einen Hand massierte er Helgas Brüste und mit der anderen hatte er ihren Nacken gefasst. Ab und zu lies er seinen Zeigefinger in ihren Mund gleiten, den nassgespeichelten Finger steckte er ihr in den Hintern. Aus seinem Mund tropfte Speichel in ihre Afterkimme. Er drückte ihre Arschbacken auseinander und schaffte es ohne seine Hände in sie einzudringen. Sie warf ihren Januskopf in den

Nacken und er hielt ihre Brüste in seinen großen Händen. Dann drehte er Helga um und hob sie auf das Brückengeländer. Er ging in die Hocke, fickte sie weiter und hielt sich dabei gut in der Balance. Als die Brücke zu stark schaukelte sprang er runter und machte im Stehen vor ihr weiter. Er hatte seine Arme unter ihren Beinen und saugte beim Ficken an ihren Zehen. Dann schob sie ihn mit ihren Füssen zurück und befahl ihm zu lecken bis sie kam. In fortgeschrittenem Stadium brauchte es auch bei ihm nicht mehr lange und er kam auf ihre Brüste. Er rutschte langsam vom Brückengeländer ins Wasser und überlies sich der Strömung. Der Kommissarin reichte es jetzt. Sie war total ausgepowert und hatte vom Baden richtig Hunger bekommen. Außerdem musste sie unbedingt nach ihrer Azubine sehen und dann wieder zu Roskolnikow. Sie ging wieder diesen wunderschönen zitronengelb angefluteten, schwarzen Fliesenweg hinauf zum Ausgang. Die Tür schwang auf und sie war wieder im Umkleidebereich. Die Holzbohlen waren angenehm warm an den Füssen.
Sie zog sich wieder an und bemerkte, dass in der Innentasche ihrer Lederjacke etwas war, was da nicht hingehörte. Sie zog einen kleinen Penis aus schwarzem Turmalin an einem schwarzen Kautschukband mit einer silbernen Zitrone als Verschluss und einen Briefumschlag aus der Tasche. Als sie den Brief umdrehte sah sie einen rot schwarzen, krähenden Hahn, mit dem er versiegelt war. Sie schob den Brief und den Penis wieder in die Innentasche ihrer Lederjacke und wiederstand der Versuchung ihn sofort zu öffnen und zu lesen.
Dann fuhr sie mit dem Aufzug wieder nach oben.
Rosa war nicht mehr im Auto und an der Rezeption war auch niemand mehr. Etwas beunruhigt nahm sie den Aufzug nach oben.
Die Tür des Penthouses von Roskolnikow war offen. Helga hörte Stimmen. Was um Himmels Willen war da los? Im

Zimmer mit den vielen Monitoren standen Rosa Deithard und die schöne Hostess mit den super langen Beinen. Kreide bleich im Gesicht schaute sie Helga kurz an, dann drehte sie sich herum und übergab sich in einen großen Blumenkübel. Vor den zwei Frauen lag Roskolnikow auf dem Rücken. Die Kommissarin trat näher und sah den weit offenen Mund und die Blutlache unter seinem Kopf. Roskolnikow, der Geschäftsführer des Bad Weilersheimer Luxusbordells, war noch nicht tot. Blasen aus Blut und Luft und ein leises kaum hörbares Röcheln entströmten Mund und Kehle. Erst jetzt, als sie sich weiter hinunter beugte, bemerkte sie den großen Zelthaken. Er war Roskolnikow durch Mund und Hinterkopf und in den Dielenfußboden getrieben worden.
Der Manager war im wahrsten Sinn des Wortes festgepflockt worden. Er schaute Helga noch einmal in die Augen, dann brach sein Blick und er war tot.
Die Kommissarin verständigte ihr Team, das sofort anrücken sollte.
„Es hat mir zu lange gedauert. Da bin ich mit ihr hoch um nach dir zu sehen. Er hat verzweifelt versucht uns etwas mitzuteilen. Hat aber nicht mehr geklappt", meinte Rosa Deithard.
„Er wollte mir eine Überwachungsaufnahme zeigen, die er im Zusammenhang mit den Nuttenmorden für interessant hielt. Leider ist er nicht mehr dazu gekommen. Er meinte, ich müsse das oder den selber sehen, vielleicht könne ich damit etwas anfangen. Scheiße! Ich glaube mit dieser DVD wären wir ihm ziemlich nahe auf den Pelz gerückt. Jetzt hat das Team einen Berg von Arbeit, und der, der das hier inszeniert hat, hat die brisante DVD bestimmt verschwinden lassen."
„Ich sehe sofort mal bei den archivierten DVDs nach, ob mir was auffällt, oder ob etwas fehlt", sagte die Hostess.
„Rosa begleite sie bitte", meinte die Kommissarin und schickte die Azubine zur Sicherheit mit.

Sie gingen in ein kleineres Büro mit großen Wandschränken zur Archivierung der DVDs. Es fiel sofort auf, das der Schreibtisch zerwühlt war und einer der Schränke stand noch offen. Hier fehlten in bestimmten Abständen DVDs.

„Da fehlen DVDs. Und zwar bestimmte Wochentage. Es fehlen die Montage und Donnerstage der Monate März, April, Mai und Juni und es handelt sich immer um das Palmgartenzimmer."

„Was ist das Palmgartenzimmer?" fragten die Azubine und die Kommissarin, die jetzt nachgekommen war gleichzeitig.

Die Empfangsdame, mit der es Gott so gut gemeint hatte, schaltete im großen Büro und Konferenzraum einen der Monitore ein und man sah einen riesigen Raum voller Pflanzen und verschiedenen Liegemöglichkeiten.

Aus einem langen dicken Bambusrohr ergoss sich Wasser In ein dampfendes Warmwasserbecken. Eine der Wände war ein großer Holzstapel, der in einer runden, großen Maueraussparung nur zu einem Drittel in einem Oval mit rundem Holz bestückt, eine schwarze Liege in der Form des Yin und Yang Zeichens abbildete. Der leere schwarze obere Hintergrund der Liege, hob sich extrem vom gelben Erlenholz des unteren Bereiches, mit den nicht gespaltenen, gestapelten Holzstücken, ab. Dies war aber wahrscheinlich nicht genug, denn auf der schwarzen Liege lag eine fast weißhäutige, langmähnige Blondine, deren eines Bein vor den orangegelben Holzrundungen baumelte. Die Hostess hatte die runde große Maueröffnung heran gezoomt, so dass diese den großen Monitor jetzt ganz ausfüllte. Ein schöneres Yin und Yang Symbol war nicht vorstellbar.

Die Hostess vergrößerte wieder den Bildausschnitt und im dampfenden Becken prosteten sich gerade vier Damen mit Champagnerflöten zu.

„Heute gehört das Palmengartenzimmer den Frauen. Zwei betuchte Geschäftsfrauen aus München haben es heute gebucht, wie jeden ersten Freitag im Monat." Erläuterte die Empfangsdame.

„Und an den anderen Tagen, speziell Montag und Donnerstag?" wollte Rosa wissen.

„Keine speziellen Geschichten. Offener Club El Capitan. Verschiedene Angebote in den Pavillons, der römischen Sauna, den Großräumen und im Außenbereich. Mehr Männer als Frauen. Frauen buchen meist besondere Arrangements. Außer bei den großen Club Events, wie zum Beispiel heute im Kellerpool."

„Was war denn da heute geboten?" fragte die Kommissarin scheinheilig.

„Janusmaskenball und jeder macht daraus, was er mag." Die Hostess lächelte Frau Reitemich an und schaute ihr wissend in die Augen.

„Wir haben heute insgesamt exakt fünfundsiebzig Gäste. Die meisten unten in der Kellerpoollandschaft. Irgendwann verteilt es sich aber auf alle Räume, bis auf die gebuchten."

„Wieso kennen sie sich so gut aus?" wollte Rosa wissen.

„Ich arbeite nicht nur am Empfang, sondern bin, Entschuldigung, ich war, die Assistentin der Geschäftsleitung."

„Gibt es irgendeine Möglichkeit, die Besucher des Palmengartens am Montag und am Donnerstag der letzten Monate herauszufiltern?" fragte die Kommissarin.

„Nicht wirklich, also nur über den Umweg der Personalbefragung. Die DVDs wären viel einfacher gewesen."

Der Aufzug kam hochgefahren und das Team war da. Die Kolleginnen wurden knapp in Kenntnis gesetzt und es begann das übliche Blitzlichtgewitter. Die Mordwaffe, also der große Zelthaken und der kleine Vorschlaghammer, der unter dem Schreibtisch lag, wurden eingetütet.

Die Kommissarin lies sich die Gästeliste des heutigen Tages geben und musste zu ihrem Schrecken akzeptieren, dass auch sämtliche Überwachungs - DVDs des heutigen Tages fehlten.

Lagebesprechung

Samstag, 10.00 Uhr.
Das Team hatte sich im Besprechungsraum des Kommissariats eingefunden. Es gab heißen Kaffee und starken türkischen Schwarztee. Alle machten einen gepflegten, ausgeruhten und nahezu geschniegelten Eindruck. Die Atmosphäre war entspannt und aufgeräumt. Der Brief, den Helga zusammen mit ihrem schwarzen Turmalin Peniskettchen bekommen hatte, lagen in der Mitte des großen Konferenztisches.
„Ich hab mal die Gästeliste gecheckt", begann Liebstöckel, der Innendienstler und Computerfreak, die offizielle Sitzung zu eröffnen.
„Kein einfacher Handwerker dabei. Alles Spitzenläute aus Politik, Religion, Geschäftswelt, erfolgreiche Ingenieure. Vier lesbische Geschäftsfrauen aus München, die allerdings für sich separat mit Servicefrauen das Palmenzimmer gebucht hatten, um mal so richtig abzuschalten."
„Die telefonischen Befragungen ziehen sich hin und laufen sehr diskret. Wenn wir zum Beispiel den falschen Ehepartner an der Strippe haben, dann müssen wir schon einfallsreich sein. Wir wollen ja keine schlafenden Hunde wecken und zum anderen wollen wir auch so wenig wie möglich Widerstand gegen eine vertrauensvolle Zusammenarbeit auslösen", meinte Goppenweihler, räusperte sich, nahm den Brief aus der Tischmitte und begann vorzulesen.
„Nam fuit, et fortassil erit, felicius aevam.

In medium sordes, in nostrum furpia tempas confluxisse vides",
„Lass stecken Goppenweihler, schön dass du noch so gut Lateinisch kannst. Aber jetzt mal für alle bitte", meinte Hysen.
„O.k. - Glücklicher einst war die Zeit und wird es vielleicht wieder werden. In die mittlere Zeit, zwischen beiden, ergießt sich des Dreckbaches sämtlicher Schmutz."
„Was will er uns damit jetzt wieder kund tun?" fragte sich und die anderen die große Rosa Deithard und drückte ihr breites Kreuz durch, dass es ein etwas krachte.
„Die Erklärungsrunde kommt dann noch, Sunyboy und ich haben im Internet recherchiert.
Und weiter heißt es:
„Da ich Zwiefaches will in eins verschlingen
Werd ich vielleicht ein Doppelwerk vollbringen."
„Das letztere Fragment ist aus dem Rerum Vulgarium Fragmenta und hier aus der vierzigsten Strophe." Und Liebstöckel las vor:
„Wenn Lieb und Tod nicht hindern das Gelingen
Neuen Gewebes, das ich jetzt beginne,
Und ich dem zähen Vogelleim entrinne,
Da ich Zwiefaches will in eins Verschlingen,
Werd ich vielleicht ein Doppelwerk vollbringen.
Bei neu- und altem Stile mitten inne,
Dass Bangen fast bei solchem Wort die Sinne
Sein Brausen bis zu dir nach Rom wird dringen.
Nun aber, da mir fehlt das Werk zu enden,
Etwas von den gebänderten Fäden,
Die helfen jenem meinem lieben Vater;
Warum empfang ich nicht von deinen Händen,
Die sonst so mild? O sei du mir Berater,
Und keimen wirst du sehn viel holde Reden."
„Petrarca", fuhr Liebstöckel fort, „ist davon überzeugt, dass sprachlicher Ausdruck und Tugendhaftigkeit einander bedingen, das eine ohne das andere

schlichtweg undenkbar sei. Wer ungepflegt redet und schreibt, dem fehlt es an moralischer Integrität, schlechter Stil verweist auf charakterliche Mängel. So wie die Rede Hinweis auf die Seele ist, so ist die Seele Lenkerin der Rede", fuhr Liebstöckel fort.

„Da der Name der Angebeteten nicht genannt werden durfte, erlaubt ein „senhal", ein Deckname, die Frau im Gedicht anzusprechen, ohne dass ihre Identität in der Öffentlichkeit bekannt wurde und so ihre Ehre gewahrt blieb", „er meint damit dich, aber was hat er mit dir vor, welches Doppelwerk will er mit dir veranstalten?" fragte Goppenweihler aufgebracht.

„Betrachten wir noch mal den Mann, der, seit es den Begriff gibt, als der Vater des Humanismus angesehen wird: Francesco Petrarca. Er lebte von 1304 – 1374. Nicht ohne Grund hat man in diesem, schon zu seiner Zeit europaweit verehrten italienischen Geistlichen, Dichter, Philologen, Philosophen, Historiker und Diplomaten auch den ersten modernen Menschen gesehen. Denn nicht nur seine einzigartige, individuelle Ruhmesliebe hebt ihn von allem ab, was uns heute als mittelalterlich gilt. Auch er selbst hatte schon das Gefühl gehabt, am Grenzpunkt der Menschen zweier Zeitalter (velut in confinio duerum populrum) zu stehen und wie ein Gott Janus nach beiden Richtungen (simul ante retroque) zu schauen. Dabei empfand er die mit ihm endende Epoche als eine des Unflats, die zwischen eine glücklichere Vor- und Nachwelt eingeschoben sei", zitierte Sunyboy.

„Ist er selber ein neuer Petrarca? Sieht er sich auch in einer Art Zwischenzeit und welche sind diese Zeiten, jene die voranging und jene, die kommen wird?" fragte der Gerichtsmediziner das Team.

„Mein lieber Mann, ich finde der Typ hat ordentlich einen an der Klatsche, wenn ihr mich fragt", schaltete sich Hysen ein.

„was ich mir vorstellen könnte, ist das Ende des schmutzigen Industriezeitalters zwischen zwei Wind- und Solarzeitaltern", führte Rosa den Gedanken des Gerichtsmediziners weiter.
„Von Segelschiffen und Windmühlen, über die schmutzige Ausbeutung der fossilen Brennstoffe, hin zu Gezeitenkraftwerken, Windstrom und Sonnenkollektoren." meinte Liebstöckel.
„Ja, genau so könnte es sein!" meinte die Kommissarin.
„Aber wie passen dann die total verrückten Morde ins Konzept?" fragte Hysen. Und er resümierte weiter: „ Wir können davon ausgehen, dass er Kunde im El Capitan in Bad Weilersheim gewesen ist. Er war zur gleichen Zeit da, wie Rosa und Helga. Er hat euch irgendwie beobachtet und er hat, um nicht aufzufliegen Roskolnikow ausgeschaltet."
„Gute Analyse Hysen, ich gebe dir Recht", meinte Sunyboy der Gerichtsmediziner. Sein schwarzes Sakko glänzte etwas im Morgenlicht und die orange Krawatte leuchtete ebenso. Das schwarze Haar war streng zurückgekämmt und hielt sich dort Gott sei dank auch ohne Gel. Rosa Deithard war mindestens einen Meter und achtzig groß und hatte breite Schultern. Sunyboy war größer. Die Azubine machte seit ihrem Kindesalter Aikido, eine japanische Selbstverteidigungskunst, bei der der Wettkampf bewusst ausgeschlossen war. Es gab auch keine Gewichtsklassen und keine Geschlechtertrennung. Den Partner festhalten oder werfen war die Devise.
„Er war da und wir wissen jetzt, dass er Roskolnikow betäubt hat und zwar mit dem gleichen Stoff, den er auch bei den Damen benutzt hat, die er nach seiner Show fliegen lässt. Dann hat er ihn mit dem Zelthaken, den er ihm durch den Mund und durch Atlas und Axis gejagt hat, den Garaus gemacht. Krämpfe und Atemstillstand sind die Folge. Er muss also kurz vor euch noch vor Ort gewesen sein. Das war eine ganz knappe Sache. Es hat

kein Kampf stattgefunden. Das heißt, er hat ihn von hinten mit der Spritze erwischt und zwar so, dass das Zeug unmittelbar gewirkt hat. Er fängt ihn auf, lässt ihn zu Boden gleiten und vollendet sein Werk. Dann nimmt er die DVDs mit, die Roskolnikow wahrscheinlich schon rausgesucht hatte und verschwindet kurz vor oder kurz nach eurem Eintreffen. Ja, wie schon erwähnt, eine ganz knappe Sache." Der Gerichtsmediziner lehnte sich zurück und schaute ratlos in die Runde.

Verhöre

Das Team teilte sich in Zweiergruppen auf, um die Befragung der Damen und Herren des Personals aus dem El Capitan vorzunehmen, die in der vakanten Zeit und besagtem Palmengarten zu tun hatten.
Die Hostess und stellvertretende Geschäftsführerin begleitete einen Teil der Interviews, so konnte ein Personenkreis von zwölf Männern heraus kristallisiert werden.
Drei Professoren, ein hoher evangelischer Geistlicher, ein katholischer Bischof mit seinem Sekretär, zwei hohe Militärs, ein Beamter des Landeskriminalamtes, ein Mitarbeiter des Landwirtschaftministeriums, der Geschäftsführer des Spielkasinos, ein Metzgereikettenbesitzer. Bild und Filmmaterial gab es leider nicht mehr. Auch die schriftlichen und elektronischen Kundenaufzeichnungen waren an den entscheidenden Stellen lückenhaft.
So konnte das Team nur auf die teilweise erheblich voneinander abweichenden mündlichen Personenbeschreibungen zurückgreifen.
„Gehen sie mit der in der Sache gebotenen Einfühlsamkeit zu Werke, wenn sie überhaupt zur Empathie fähig sind Frau Reitemich, dann ist jetzt die Zeit dafür. Ich bitte sie

inständig um die gebotene Feinfühligkeit. Bei dem Personenkreis ist sowieso damit zu rechnen, dass immer mindestens zwei Staranwälte mit von der Party sind. Der stellvertretende Leiter des LKA, Bischof Engels, Ordinarius zu Schlachtenfels, Oberst Henschel und sein Chauffeur haben sich schon mir gegenüber geäußert. Lauter sehr integere Männer, wenn sie mich fragen. Und was diese Leistungsträger unserer Gesellschaft in ihrer sehr knapp bemessenen Freizeit machen, geht uns eigentlich gar nichts an. Ein wenig Ausgleich für die erlittenen Mühen eines schwer zu ertragenden Führungsalltags. Glauben sie mir, ich weiß sehr genau wovon ich spreche und kann das nur zu gut verstehen."

Im ganzen Zimmer roch es stark nach Schweiß. Es war unklar, ob Rüdesheimer sich selber nicht riechen konnte, oder ob er es genoss, die Untergebenen seinem Körpergeruch auszusetzen. Die Kommissarin glaubte an die letztere der beiden Möglichkeiten. Seine dunkelbraunen Nylonpullunder trugen bestimmt auch dazu bei die Schweißproduktion zu steigern, beziehungsweise deren Absorption zu verhindern.

„Herr Rüdesheimer, ich werde mich darum bemühen, das Ganze sehr nonchalant und trotzdem sehr direkt abzuhandeln", Frau Reitemich bemühte sich um Aufgeräumtheit und der Situation angemessene Kooperationsbereitschaft mit einer unnötigen Hürde und Bürde, was einem Sprung über einen mächtig großen Schatten gleichkam.

Der Mitarbeiter aus dem Ministerium für Landwirtschaft und Forsten war bereits zur Sache vernommen worden und hatte trotz seines Rechtsbeistandes, einer sehr guten Rechtsanwältin, Blut und Wasser geschwitzt. Erstens schien er vermeintlich gerochen zu haben, dass sich alle intellektuellen Frauen dieser Welt, auch seine Anwältin insgeheim über dieses Malheur, diese Entdeckung und deren Behandlung freuten. Und zweitens hatte er extrem

Angst vor einer Frau, der er niemals erklären könnte, was um alles in der Welt, er im El Captian zu suchen hatte, Leistungsträger hin, Führungskraft her.
Durch die Diskretionsversicherung bei Unschuldsvermutung hatte er bereitwillig von seinem Hobby berichtet. Er war absolut nicht der Typ für die Freiluftnummer um die es hier ging. Auch die extravagante Exekution Roskolnikows wollte ihm keiner zu trauen. Renaissance, Humanismus, Antikisten waren für ihn Böhmische Dörfer. Man konnte ihn getrost in Ruhe lassen.
Bischof Engels hatte Hysen und Goppenweihler bei sich eine Audienz gewährt. Man hatte peinlichst darauf geachtet, dass keine anwesend war. Der Bischof reichte die Hand zum Kuss. Zwei Anwälte und der Chauffeur des Bischofs waren ebenfalls anwesend.
Bischof Engels hatte ganze Bücherregalreihen voll Renaissanceliteratur. Cicero war ebenfalls komplett vorhanden. Er meinte man müsse über die „Gegenseite" Bescheid wissen, der Teufel sei sehr intelligent und trüge bald die eine, bald die andere Maske. An der Wand hing ein Bild, das Bischof Engels und seinen Chauffeur vor einer großen Montgolfiere zeigte. Darunter stand im schönsten Latein:
„Sed me iam Zephyri nemora inter garrula blando Murmure ludentes invitant ire per altum Aera.
Lam nautae funem conrellere gaudent, insuetamque viam tentare…"
Aber es locken mich schon die Zephyren, geschwätzige Wälder lieblich durchsäuselnd im Spiel, mich empor in die Höhe zu heben,
hoch in die Luft!
Schon kappen das Tau die begeisterten Schiffer, wagen den Weg, den noch keiner beschritt."
Goppenweihler schaute Hysen an und Hysen Goppenweihler und beide dann den Bischof.

„Wissen sie eigentlich, dass der Kroate Bernardus Zamagna in seinem futurologischen Lehrgedicht Navis aeria, zu Deutsch Luftschiff, nach Anregung von Francesco Lana, eine Art Vorläufer der Montgolfiere beschrieben hat? Beides übrigens Jesuiten, meine Herren."
Der Bischof lachte zufrieden und sein Chauffeur nickte ihm begeistert zu.
„Fliegen sie, oh pardon Monsignore, fahren sie oft mit dem Ballon?" wollte Hysen wissen und Goppenweihler war auch ganz interessiert.

Gerichtsmedizin

Helga Reitemich war auf dem Weg in die Gerichtsmedizin. Die Vorkommnisse der letzten Tage hatten ihren gemeinsamen, die Arbeit versüßenden Spaß mit Sunyboy sehr leiden lassen. Und auch jetzt war ihr eigentlich nicht nach Spaß zu Mute, sondern sie wollte das abschließende Gutachten des Gerichtsmediziners über Roskolnikow und das verwendete, sehr starke Betäubungsmittel, einholen. Sie ging im Keller den langen Gang entlang, der die beiden Gebäude miteinander verband, als plötzlich das Licht erst flackerte und dann ganz ausging. Ihr blieb nichts übrig, als sich an der Mauer zu orientieren und an ihr entlang zu tasten. Da war auf einmal eine sanfte, zarte Berührung ihrer nackten Waden, die sie heftig erschreckte. Sie sprang nach vorn, rollte sich ab und kauerte an der gegenüberliegenden Wand mit gezogener und entsicherter Dienstwaffe. Sie hatte die Arme nicht ausgestreckt und sah doch in der alles umhüllenden Schwärze ihre Waffe nicht. Scheiße, wenn jetzt einer da ist, der im Gegensatz zu mir etwas sieht, bin

ich im Arsch, dachte Frau Reitemich gerade, als von der Gerichtsmedizin ein schwacher Lichtkegel auf sie zu kam. Auf ihrer Stirn hatten sich Schweißperlen eingestellt, die jetzt langsam über ihre Wangen rollten und vom Kinn den Hals entlang in ihr Dekolletee.
Der Lichtkegel kam langsam auf sie zu und trotz der Wärme bekam sie eine Gänsehaut, die ihre Haare zu Berge steigen lies. Sie ging langsam in der Hocke mit ihrer entsicherten Waffe im Anschlag, an der Wand entlang in die hinter ihr liegende Dunkelheit zurück, als sie plötzlich wieder sanft an der Wade berührt wurde.
Der Schreck durchfuhr sie, wie ein eiskaltes Schwert.
Sie stolperte in ihrer Panik, rollte sich rückwärts ab und kam wieder auf die Beine. Scheiße, ihre Dienstwaffe war weg.

Erzbischöfliches Ordinariat

„Leider noch nie", sagte Bischof Engels. „Es war mir dann doch nicht vergönnt. Damals bei der großen Spendenübergabe durch Professor Sonntag, dem ersten Vorsitzenden des Ballonfahrer Verbandes wäre es fast dazu gekommen. Aber dann.." „Entschuldigen sie Hochwürden, sagten sie gerade Professor Sonntag, meinen sie etwa Professor Rudolph Sonntag, den Professor für Gerichtsmedizin?" Goppenweihler überkam eine schreckliche Ahnung.
„Ja sicher. Rudolph Sonntag der Gerichtsmediziner. Wissen sie, als wir damals losfliegen, äh fahren wollten, naja, als wir losfahren sollten, da zog auf einmal ein Gewitter auf und deswegen ist es dann nicht dazu gekommen. Durch Professor Sonntag kam ich dann ins El Capitan, als Entschädigung für die entgangene Himmelsfahrt sozusagen. Wir haben uns dann öfter im Palmengarten getroffen, zusammen mit noch ein paar netten Herren, die alle sehr extravagante..."

„Herr Engels, Monsignore, sie müssen hierzu überhaupt nicht Stellung nehmen. Sie können hierzu jederzeit die Aussage verweigern," viel ihm einer der Anwälte ins Wort.
„Also was das betrifft, meine Herren, wenn meine Unschuld in dem anderen, Kontext, der sie interessiert, gesichert ist?"
„Volle Diskretion, Hochwürden. Nichts von dem, was hier gesagt wird verlässt das bischöfliche Ordinariat", sagte Hysen mit einem vor Verständnis und echter Verbundenheit triefenden Gesicht.
„Also wir hatten alle sehr extravagante, sehr spezielle Wünsche und Bedürfnisse. Diese standen ab und zu unserem Seelenheil im Wege und mussten Beantwortung finden. Das El Capitan war ein Ort, an dem man sich auf das Trefflichste darauf verstand unsere Blockaden zu lösen. Befreiung war garantiert. Aber selbstverständlich nur Mittel zu dem Zwecke, danach wieder voll im Auftrag unseres Herrn.." „Ja, ja, o.k.", sagte Goppenweihler und schaute Hysen an.
„Ich glaube nach den hier gewonnen Erkenntnissen müssen wir unbedingt etwas im Kommissariat klären."
„Meine Herren, denken sie daran, dass ich mich schon mit dem Chef ihres Chefs ihres Chefs über die Vorkommnisse verständigt habe."
„Herzlichen Dank Herr Bischof Engels für die schonungslose Zusammenarbeit und Hilfe", rief Hysen noch in den Audienzsaal zurück, als sie schon nach draußen stürmten. Im Auto riefen sie sofort bei Liebstöckel an.

Gerichtsmedizin

Helga Reitemich konnte es nicht aufhalten und pisste sich ins Höschen. Sie hatte echte Todesangst und fuchtelte auf dem Boden herum, um ihre Dienstwaffe wieder zu finden. „Robert!" Sunyboy rief seinen Kater und Helga wurde vom Lichtkegel der Taschenlampe erfasst.

Robert spielte mit der Dienstwaffe Mäusejagt. Helga griff sich die Pistole und schob sie ins Holster. Ihr Hemd war klatschnass und klebte an ihr, wie eine zweite Haut.
„Laura was ist los? Geht es dir nicht gut? Du schaust richtig fertig aus." Er bot Helga seinen Arm und die nahm dankend an. Sie gingen von Robert begleitet, der um die Beine schlich, wie ein geübter Tangotänzer in die Gerichtsmedizin hinüber. Als sie den Tunnelgang gerade verließen kam das Licht wieder und blendete Helga entsetzlich.
„Ich bin total fertig. Du und dein blöder Kater. Ihr habt mir eine Heidenangst eingejagt, das kann ich dir sagen. Ich dachte wirklich mein letztes Stündchen habe geschlagen."
„Sorry Helga, das lag wirklich nicht in unserer Absicht. Ich wollte dir entgegen gehen und gleichzeitig nach Robert sehen."
Er hielt ihr die Tür zum gekühlten Leichensaal auf.
Für Frau Reitemich war es jetzt hier viel zu kalt. Normalerweise wäre es eine sehr angenehme Kühle gewesen, eine Möglichkeit der Hitze, die draußen herrschte, zu entfliehen. Sunyboy goss ihr einen Tee aus seiner Thermoskanne ein, Helga nahm ihn dankbar entgegen.
„Das Zeug heißt witzigerweise Motokatatonie III und greift sofort und unmittelbar die motorischen Nerven im Hirnstamm an. Wie eine Keule, aber bei klarem Verstand. Ähnliche Bilder zeigen sich im Endstadium der progressiven Muskelatrophie oder bei katatoner Schizophrenie. Es löst natürlich außer der Muskelstarre auch noch katastrophale Angstzustände aus.
Er muss bei der Dosierung gut aufpassen, dass seine „Patientinnen" nicht gleich ersticken."
„Außerdem muss er medizinische oder pharmazeutische Kenntnisse haben, die über den normalen Hausgebrauch hinaus gehen?"

„Ich glaube auch, dass er sehr gute pharmazeutisch - medizinische Kenntnisse haben muss. Beim DL – Coniin zum Beispiel, oder auch Zwei – Propylpiperidin, ein Alkaloid, wie das Nikotin, wäre eine solche Wirkung vorstellbar, wenn man es, so wie er es macht, direkt in eine große Arterie spritzt. Dadurch wirkt es sehr viel schneller und die anfängliche Erregungsphase wird auf eine fast nicht spürbare Zeit reduziert. Der gefleckte Schierling wurde schon im alten Griechenland mit Opium gemixt, denen eingeschenkt, die man von den Lebenden zu subtrahieren gedachte. Drei Milligramm pro Kilogramm Körpergewicht sind intravenös verabreicht absolut tödlich. Nicht nur Sokrates, glauben wir seinem Schüler Platon und den damaligen Geschichtsschreibern, musste 399 vor Christus so sterben, sondern auch die tugendhafte Lucretia, nach ihrer Vergewaltigung durch den Sohn des Königs Tarquinius Superbus. Ihr Selbstmord steht übrigens für die Ablösung der römischen Monarchie hin zur Republik.
Platon lässt Sokrates sagen, Sokrates selber hat nie etwas aufgeschrieben, das Aufschreiben war ihm ein Greul, dass Selbstmord solange nicht erlaubt ist, bis die Götter eine Notwendigkeit dazu verfügen. Entschuldigung Helga, ich bin etwas abgeschweift. Widmen wir uns jetzt wieder dem guten Herbergsvater Roskolnikow. Ein Russenmafiageneral der übelsten Sorte."
Sunyboy schob die Leichenaufbewahrungsschublade auf. Helga drehte sich um und schaute Rosa in die Augen. Nahezu gleichzeitig zu ihrem großen Schock, Entsetzen und der absoluten Verwirrung, merkte sie den Stich in den Hals.
Liebstöckel hatte wie immer nach seinem Lauf in der Mittagspause geduscht. Jetzt stand er vor den Spiegeln und musste sich eingestehen, dass er ein paar Situps gut gebrauchen könnte. Er griff in seine Sporttasche, sucht und fand seine zweite Unterhose und merkte gleich, dass

diese nass war. Er führte sie zur Nase und seine schlimmste Vermutung wurde bestätigt. Der blöde Kater von Sunyboy, den er ab und zu aus der Pathologie mitbrachte, hatte in seine Tasche gepinkelt. Eines der beiden Handtücher war ebenfalls durchtränkt und stank fürchterlich. Sein Handy klingelte. Es war Goppenweihler, der ihm mitteilte, sie hätten Sunyboy in Verdacht der verrückte Bad Weilersheimer Killer zu sein.
„Verarschen kann ich mich selber. Habt ihr außer Scherzen noch was Vernünftiges mitzuteilen?"
„Halt`s Maul du Idiot und schau sofort nach Helga. Es ist uns wirklich verdammt Ernst. Bei dem Verkehr brauchen wir mindestens noch eine Stunde bis wir zurück sind und dir helfen können. Schnapp dir ein paar Kollegen und mach Arschloch Sunyboy dingfest. Aber ja nichts alleine unternehmen. Der Kerl ist total gefährlich und zu allem in der Lage."
„Wie kommt ihr auf Sunyboy?" wollte Liebstöckel wissen.
„Beim Interview mit dem Bischof Engels haben wir herausgefunden, dass unser Professor der Gerichtsmedizin gerne Ballon fährt und im „El Capitan" Großkunde war sozusagen."
„Na dann. Das ist schon überzufällig würde ich mal sagen. Der Kerl ist jetzt seit zwei Jahren mit in unserem Team. Lange genug um für die Spinnereien verantwortlich zu sein."
Goppenweihler, Hyssen und Liebstöckel legten auf.
Nass, wie er immer noch war, sprang er in seine Hose und zog sich so schnell an wie nie zuvor. Er ging die Büros ab. Alle waren leer. Wo waren Rosa und Helga hin? Sie hatten einen Massagetag, das wusste er und manchmal gingen sie auch zum Essen, was dann auch schon mal länger dauern konnte. Er stürmte ins Büro von Heiko Arschloch Rüdesheimer, der Verkörperung des Peterprinzips, der gerade dabei war eine neue Krawatte auszuprobieren, was eine seiner Lieblingsbeschäftigungen war, wenn er

nicht gerade in seinen Briefmarken oder in Waffenkatalogen steckte. Er hatte die neue CD des bulgarischen Zwergs am laufen „Ewig" und schnürte sich das neue Ding im Takt dazu um den Hals. Er hatte Liebstöckel nicht bemerkt und erschrak kolossal, als dieser ihm die Hand auf die Schulter legte.
„Ich hoffe für sie, dass sie etwas sehr Wichtiges mitzuteilen haben, wenn sie sich ohne einen Termin und ohne anzuklopfen zu mir rein schleichen. Fassen sie sich kurz, ich muss zum Gerichtspräsidenten!"
„Goppenweihler und Hyssen sind der Meinung, unser Gerichtsmediziner, Herr Professor Rudolph Sonntag ist der Mann, der die Nutten vom Himmel fallen lässt und Roskolnikow ermordet hat."
„Sonst noch was, oder nur diesen Schwachsinn?"
Heiko Rüdesheimer lachte schräg und schrill auf.
„Hat er sie abblitzen lassen, die Reitemich und jetzt will sie Rache? Verrückte Weiber, was Liebstöckel?"
„Ich bräuchte ein paar Männer von der Sturmtruppe, um die Gerichtsmedizin zu stürmen und den Sonntag dingfest zu machen."
Diesmal lachte er nicht mehr. Er schaute etwas schräg und spitz, schizophren und sehr, sehr verärgert.
„Ich habe ein Dine mit der Gerichtspräsidentin. Was glauben sie, wie lange man braucht, bis man die Dame mal einladen darf, wenn man unter und nicht über ihr angesiedelt ist? Keine Ahnung was? Müssen sie ja auch nicht haben in ihrer Position. So und jetzt werden sie doch noch etwas Anständiges mit ihrem Tag anzufangen wissen, Herr Liebstöckel? Und belästigen sie auf keinen Fall Professor Sonntag. Gerade der versteht sich nämlich prächtig mit Frau von Stahl der Gerichtspräsidentin und kann mir eventuell noch von Nutzen sein."Mit diesen Worten schob er Liebstöckel zur Tür hinaus.
Er musste allein handeln und in der Gerichtsmedizin nachsehen, ob er nun wollte oder nicht. Liebstöckel

kramte in den Annalen seines Schreibtisches nach seiner Dienstwaffe und fand sie dann auch endlich in einer Hängeregistratur unter den Akten. Ihm fiel plötzlich das Lied „Afrika – Solidarite" von Habib Koite ein. Er war auf der Party der afrikanischen Zwillinge durch den ganzen Raum geschwebt. Davor hatte seine Tochter ein Lied ganz allein für ihn gesungen. Hoffentlich würde er sie wiedersehen. Es hatte eine Zweihahnsuppe gegeben. Die asiatische Hähnesuppe war vom Feinsten. Zwei Hähne, verdammte Scheiße. Zwei in eins verstricken oder so ähnlich flirrte es in seinem Kopf. Laden und entsichern. O.K.. Er nahm den Aufzug nach unten zum Gebäudeverbindungstunnel. Er war schon ewig nicht mehr auf dem Schießstand beim Training gewesen. Seine Hände waren ruhig. Als er unten aus dem Aufzug stieg und im gleißend hellen Licht des Tunnelgangs auf die Gerichtsmedizin zu ging, war ihm ziemlich mulmig zu Mute. Aber es half nichts. Er musste das jetzt durchziehen und er musste total vorsichtig sein.

Helga war auf ihrer Kollegin zusammengebrochen und lag jetzt auf Rosa Deithard, ihren Kopf zwischen deren Füßen. Die schwedischen Boxen von Beng Olafson waren so platziert, dass die Musik im ganzen Gebäude in einer unglaublichen Klarheit schwebte. Alanis Morissette sang in einer tollen unplugged Version „no pressure over cappuccino, - we are all temporary arrangements!" Puccini, Rossini, Bellini und Donizetti waren hier für gewöhnlich der raumfüllende Klang.
Motorisch absolut kaltgestellt konnte sie trotzdem den Speichel wahrnehmen, der ihr aus dem Mund lief. Ein Gefühl, wie beim Zahnarzt, wenn man ordentlich betäubt war. Das Atmen fiel ihr etwas schwer und sie hatte eine schwere beklemmende Angst. Helga fragte sich, ob es Rosa genauso ging, oder ob diese schon tot war, da hörte sie den Gerichtsmediziner rezitieren:

„Gallica Musa mihi est, fateor, quod nupta marito: Pro domina colitur Musa Latina mihi. Sic igitur, dices, praefertur adultera nuptae? Ika quidem bella est, sed magis ista placet.
Oh, Entschuldigung liebe Laura, ich vergaß, dass du ja gar kein Latein verstehst. Was die Gemahlin dem Mann, das ist mir die gallische Muse, doch die lateinische ist mir die geliebte Mätresse.
Also, fragst du liebe Laura, behagt dir noch mehr als die Gattin die Hure? Jene gewiss doch ist nett, lieber ist diese jedoch!
Für die Stoiker war das Leben Voraussetzung für Gutes, also vernünftiges Handeln, die sogenannte Apathia, also affektloses Handeln. Es gibt jedoch Ausnahmen für den Vorrang des Lebens. Zum Beispiel die Entziehung aus der Gewalt eines Tyrannen, der zu unsittlichen Handlungen zwingt. Wenn es soweit ist, werde ich euch beiden zu helfen wissen, mach dir also keine Sorgen.
Und jetzt, liebe Laura, müssen wir aufbrechen. Ich muss das doppelte Werk vollbringen. Ein gutes Leben bedeutet nicht unbedingt ein langes Leben."
Er fuhr mit dem Transportwagen unter den Schubladenauszug und klinkte die Halterungen ein.
„Das Christentum hat die Römer total versaut. Du sollst nicht töten. Das fünfte Gebot; absoluter Schwachsinn aus dem alten Testament, wenn du mich fragst liebe Helga Laura."
Liebstöckel hatte sich vorsichtig bis zu der großen Flügeltür des Leichensaals vorgearbeitet und atmete noch mal tief durch, da ertönte auf einmal „Versuchs doch mit Gemütlichkeit, mit Ruhe und Gemütlichkeit…".
Er fuhr zusammen und brauchte eine Zeit, bis er sein Handy fand und es ausschalten konnte.
Scheiße! Er war schweißgebadet, klatschnass zog er seinen Revolver aus dem Holster und stürmte durch die Tür.

Goppenweihler fuhr wie eine gesengte Sau. Nur noch die Einfahrt zum Kommissariat, dann wäre es geschafft, da knallte es gewaltig und die Airbags peitschten in ihre Gesichter. Sie waren frontal mit Heiko Rüdesheimer Arschloch zusammengestoßen, der es ebenfalls sehr eilig gehabt hatte. Auch er hatte zum ersten Mal Bekanntschaft mit seinem Airbag gemacht. Die frisch angezündete fünfzig Euro Zigarre hatte es ziemlich weit in seinen Rachenraum gedonnert.

Verwirrt schaffte es Rüdesheimer, den Gurt zu lösen und aus dem Luxusdienstwagen zu taumeln. Dann legte er sich neben sein kaputtes Auto in die stabile Seitenlage und jammerte.

Hysen und Goppenweihler hatten es inzwischen auch aus ihrem Auto raus geschafft. Es qualmte und stank aus der Ziehharmonika, die einmal das Frontteil eines großen VWs gewesen war. Der Mercedes ihres Chefs sah auch nicht viel besser aus und hupte unaufhörlich.

Als sie auf ihn zuliefen stand er auf und putzte seinen Anzug sauber. Alles an ihm war total ramponiert.

„Fahren sie mich augenblicklich zur Oppolzer und ich vergesse die ganze Angelegenheit, aber Zack Zack!"

Goppenweihler und Hysen sahen sich verzweifelt an und aus ihren Blicken sprach die Frage: „Wer zum Teufel ist die Oppolzer?" Rüdesheimer verstand die nonverbal geäußerte doppelte Frage und erklärte, „äh, die Gerichtspräsidentin. Ich muss sie zum Dine abholen. Schnell meine Herren, ich darf da auf gar keinen Fall zu spät...!"

Hysen riss Goppenweihler mit sich fort, der noch so etwas wie, „das nächste Mal bitte gerne" brabbelte.

Gerichtsmedizin

Als Liebstöckel durch die Tür gepresscht kam, durchfuhr ihn augenblicklich ein Schmerzensblitz der besonderen Art.

Sunyboy hatte ihm einen tiefen Metallwagen mit ein paar Innereien von Roskolnikow garniert heftig, vor die Füße geschoben.
Zuerst traf es seine Schienbeine und noch während ihn dieser Blitz durchzuckte, traf sein Kinn auf den Metallbügel zum Schieben. Liebstöckel war augenblicklich ausgeknockt. Blut lief ihm aus dem Mund und zusammen mit den Innereien von Roskolnikow sah es noch viel schlimmer aus, als es sowieso schon war.
Er lag bewusstlos in den Innereien.
Professor Sonntag nahm sich in aller Ruhe wieder seinen großen Wagen, den ein weißes Tuch umhüllte und steuerte den Aufzug der Gerichtsmedizin an.
Oben wartete Robert Eins, sein Buttler und Chauffeur.
Im Hinterhof der Gerichtsmedizin luden sie die beiden Frauen in einen großen Leichenwagen um, und fuhren aus dem Hof.
Goppenweihler und Hysen kamen total fertig im Leichensaal an und sahen ein Bild des Grauens.
Kollege Liebstöckel war ausgeweidet worden. Seine Innereien lagen auf und neben ihm und überall war Blut.
„Er lebt noch", sagte Hysen, der den Puls an der Aorta des Halses überprüft hatte.
Er kniete neben ihm, hielt seinen Kopf hoch und gab ihm ein paar auf die Backen. Liebstöckel kam zu sich.
„Der Sack hat mir einen Metallbeistelltisch in die Beine geschoben, als ich in den Saal gestürmt bin. Hab mich dann selber am Schiebebügel ausgeknockt. Sorry Leute."
Er rappelte sich langsam mit Hilfe seiner Kollegen hoch.
„Ich glaube wir können davon ausgehen, dass er Frau Reitemich mitgenommen hat, und wahrscheinlich hat er Rosa Deithard auch", Liebstöckel klang sehr mitgenommen. Das halb geronnene Blut um seinen Mund warf Blasen.
„Erinnert ihr euch an die letzte Botschaft, die mit dem Doppelwerk?" fragte Goppenweihler.

Erst jetzt sahen sie die Schriftzeilen auf einer Metallschranktür.
„Nemo sacerdotum luxus vitamque supinam
Nemo audet latium carpere pontificem.
Me invat esse aliquid famamque extendere factis
Alea lacta esto."

Goppenweihler konnte als alter Schulhumanist übersetzen.
„Niemand riskiert es, den Schlaf und den Luxus der Pfaffen zu tadeln. Niemand riskiert nur ein Wort gegen den Pontifex Roms. Selber ein Held will ich sein und den Ruhm ausdehnen durch Taten. Der Würfel soll geworfen sein!"
„Spielt er auf Odysseus und Polyphem an? Dann ist er der Niemand, also Odysseus und wir der geblendete Polyphem", meinte Liebstöckel.
„Scheißegal! Wo wohnt der Kerl? Wir müssen hinterher, sonst hebt der ab und vollendet sein Doppelwerk", Hysen war in Rage.
„Der hat doch auf seinem Landgut eine Einstandsparty abgehalten. Da waren aber nur Rüdesheimer und Reitemich geladen. Reitemich hat es dann geschafft zu kneifen und Rüdesheimer ist alleine hingefahren", erinnerte sich Liebstöckel.
„Wir müssen den auf seinem Handy anrufen und fragen."
Goppenweihler wählte schon die Nummer. Es läutete. Rüdesheimer hob ab und meldete sich.
„Sie schon wieder. Das ist jetzt äußerst unpassend. Sie wissen doch, dass ich hier mit der Gerichtspräsidentin im Gespräch bin. Und außerdem musste ich höchst persönlich dafür sorgen, dass die von Ihnen angerichtete Sauerei aufgeräumt wird!"
„Wo wohnt Professor Sonntag?" Goppenweihlers Frage war einfach zu eindringlich gesprochen und so kam überrumpelt schnell die Antwort:
„Der Professor wohnt in Bad Weilersheim am Ortseingang rechts die Gutsauffahrt hinauf."

Goppenweihler fiel der Unterkiefer herunter. Die drei Kollegen stürmten durch den Verbindungstunnel in die Dienstgarage des Kommissariats und fanden dort kein Auto bis auf einen älteren Mannschaftswagen.
„Dann eben den", sagte Hysen und angelte sich die Schlüssel aus dem Schlüsselschrank. Der alte Diesel qualmte mächtig, als sie die Auffahrt zur Straße hochkamen.
„Bis wir mit diesem Gefährt in Bad Weilersheim ankommen, das dauert einfach zu lange", meinte Liebstöckel.
„Hysen fahr zum Hubschrauberstandort", Goppenweihler hatte eine Inspiration.

Bad Weilersheim

Oberst Henschel war auf dem großen Kiesrondell direkt vor der Villa gelandet. Die Männer duckten sich und liefen unter den Rotorblättern der großen dunklen Kriegsmaschine auf die Villa zu.
Die Türen waren verschlossen und auf die dunkel tönende Hausglocke kam keine Reaktion genauso wie auf das Klopfen mit dem großen Türring.
Henschel und Hysen rannten an den Rhododendren vorbei zum hinteren Teil des Anwesens. Auch hier war alles verschlossen. Jeder der beiden schnappte sich einen der Blumenrabatten Begrenzungssteine und auf drei warfen sie die Steine in die Glastüre der Veranda. Der Hausalarm schrillte los, sonst tat sich nichts.
Henschel rannte zurück zum Hubschrauber und bedeutete Goppenweihler und Liebstöckel vom Eingangstor zu verschwinden. Er manövrierte den Kampfhubschrauber in Gefechtsstellung zum Eingangsportal der Villa und schoss eine der kleineren Raketen ab. Tor und umgebendes Mauerwerk waren Vergangenheit und in der Diele klaffte ein großes Loch, durch das man in den Keller schauen konnte. Die Männer

teilten sich auf und durchsuchten die Villa, fanden aber nichts von Bedeutung. Sie trafen sich in der Bibliothek im Obergeschoss. Auf dem riesigen, alten Schreibtisch stand eine große, schwarze Figur. Halb Mensch, halb Drache überspannten die Flügel den halben Schreibtisch. Das teuflische Vieh hatte einen großen, ausgefahrenen Penis dessen Eichel aber noch von der Vorhaut bedeckt war. Henschel packte den großen schwarzen Turmalinstengel und streifte die Vorhaut zurück. Das Renaissance Gemälde mit den drei Frauen am Bach in der Toskana schob sich langsam, wie von Geisterhand zur Seite.

Triumph des Todes

Auf dem runden Tisch in der Mitte des Raumes lag ein nackter Mann auf einem Achter Polygon. Zwischen seinen Beinen ragte ein großer Kerzenleuchter mit acht schwarzen Kerzen auf, er gab dem Raum ein bizarres lichtflackerndes Aussehen.
An den schwarzen Wänden wurden mannshohe Bilder von großen schwarzen Kerzen beleuchtet, die in Halterungen steckten, die unter den Bildern, einer Kirche des Grauens gleich, in der Wand verankert waren.
Es roch leicht nach Schwefel und Schlehenblüten. Dem unbekannten Mann, mit kurzen, schwarzen Haaren, war ein massiver Zelthaken durch den Mund in den Tisch getrieben worden. Hysen fühlte dem Mann auf dem Tisch den Karotispuls und fuhr erschrocken zurück, als dieser plötzlich die Augen aufmachte und ihn anstarrte. Ein furchtbares Röcheln und blutige Luftblasen entstiegen seiner Kehle. Er packte Hysens Kopf und zog ihn zu sich herab. Dies geschah so schnell und unvermittelt, dass sich der albanische Ermittler mit aller Kraft auf den Schultern des Mannes dagegenstemmte und als dieser los lies zurückschleuderte und Goppenweihler mit umriss. Als sich

die Polizisten wieder aufgerappelt hatten, verdrehte der Mann die Augen und man konnte sehen, wie sein Blick brach, als er starb.
Die Bilder an den Wänden zeigten die getöteten Frauen in ihren letzten Lebensaugenblicken auf dem Korb Rand einer Montgolfiere fest gebunden oder schon in der Luft zu Beginn des Falls.
Am rechten unteren Bildrand waren die Fotos mit weißen und schwarzen Federn aufgespießt, nach denen die Bilder gemalt worden waren.
Die Männer froren in einem warmen Raum, denn in der hinteren Wand brannte ein Birkenfeuer im Kamin.
Vom Kaminsims krochen rote und schwarze Teufelsdrachen dem Boden entgegen und in der Mitte über dem Kamin prangten ein weißer und ein schwarzer Hahn im Kampf miteinander.
Hinter den Hähnen stand in scharlachroten Lettern:

        Triumph des Todes
        Zweiter Gesang
        159

„Sein Funkeln und sein Glühn den Mut mir stahlen.
Und weiter will ich sagen: dass ein Ende,
Wie dir es lieb ist, sich dem Ganzen füge,
Bevor ich scheid und mich von Hinnen wende:
Glücklich in allen Dingen sonst zur Genüge
Mißfiel ich mir in einem nur von allen:
Daß allzu kleines Ländchen meine Wiege.
Daß ich nicht näher deinen Blütenhallen
Mindest geboren ward, muß noch mich kränken;
Doch schön das Land war, wo ich dir gefallen.
Nach andrer konnte sich das Herz ja lenken,
Dem ganz ich trau; fremd wär ich dir geblieben,
Und minder leuchtend wär mein Angedenken.
Das nicht! Ich drauf, dieweil zu solchen Lieben
Des Himmels drittes Rad, wo es auch wäre,
Fest wandellos, mich hätte fortgetrieben.

Wie den auch sei, sprach sie mir ward es Ehre,
Die mir noch folgt. Doch du, in Lust verloren,
Merkst nicht, wie Stund an Stund sich verzeher.
Sieh aus dem goldnen Bette dort Auroren
Aufsteigen, Sterblichen den Tag zu spenden,
Sol halb schon ragen aus der Tiefe Toren;
Sie kommt um unser Zwiegespräch zu enden,
Was Leid mir tut; magst, kurz zu sein, denn streben
Und willst du mehr, die Worte nicht verschwenden.
War, sprach ich, je mir Freud in Weh gegeben,
Ist `s durch dein süßes, frommes Wort geschehen;
Doch ohne Dich ist hart und schwer das Leben.
Drum sprich o Herrin, bin ich ausersehn,
Dir später oder früher nach zu eilen?
Mich dünkt, versetzte sie im Weitergehen,
Lang ohne mich wirst du auf Erden weilen."

Die Männer wendeten sich ab und wollten wieder nach draußen ans Tageslicht, merkten dann aber, dass das Bild wieder zurück gefahren war.
Auf der ihnen zugewandten Rückseite des Bildes stand, als würden scharlachrote Lettern im Raum schweben:

Triumph des Todes
Erster Gesang
159

„Bis dass der Tod vollendet sei Beginnen.
Als Furcht nun schwieg, versiegt der Tränen Quelle,
Sah, auf das schöne Antlitz nur gerichtet,
Jede verzweifelnd alles klar und helle.
Nicht wie die Flamme, die Gewalt vernichtet –
Wie, die sich selbst verzehrt, so schied vom Leben
Friedlich die Seel, auf immer nun beschwichtet."

Henschel reichte es jetzt. Er musste hinaus.

Er packte den riesigen, schweren Kerzenständer und warf ihn durch das Bild. Wie eine Kunstflug Stafette flogen die verloschenen Kerzen mit ihrem wuchtigen Ständer mitten durch die Leinwand.
Auf dem Berg hinter der Villa bemerkten sie den Wettersack, der ihnen die Windrichtung verriet.
Henschel zeigte nach Südwesten. „Sie können nur dort sein!"

Montgolfiere

Er hatte ihnen schon im Leichenwagen das Gegenmittel gespritzt. Als sie auf dem Korbrand in ihre Geschirre ein geschnallt waren konnten sie sich schon wieder einigermaßen aufrecht halten. Er löste die Verankerungen und der Ballon erhob sich langsam, fast senkrecht bei leichtem Südwest in den wolkenlosen Himmel. Die Sonne stand schon ziemlich schräg am Horizont und die leichte, sanfte Brise trieb sie sachte der Sonne entgegen.
Die Frauen waren so auf den Korbrand gebunden, dass sie sich genau gegenüber ins Gesicht schauen konnten. Professor Sonntag hatte sich ausgezogen, sein Ledergeschirr angelegt und lag ausgestreckt auf dem Korbboden. Ab und zu sprang er auf und flößte den beiden Frauen etwas Champagner ein. Er trank dann selber gierig, lies Champagner über die Brüste der Frauen laufen, leckte sie wieder ab und masturbierte sie mit seinen Fingern. Dann legte er sich wieder auf den Korbboden, genoss die Aussicht zu beiden Seiten und wichste.
Helga und Rosa fragten sich beide, wieso sie nie irgendetwas gemerkt hatten und ob dies hier jetzt wirklich ihr Ende war. Helga hasste ihn dafür, dass er auch noch Rosa vernichten wollte, sein Doppelwerk zu vollbringen. Die Sonne glühte beim Untergehen noch mal richtig auf am Horizont und tauchte Helga für Rosa in rot gleisendes

Licht, während sie im Gegenlicht nur noch Rosas Schatten sah. Es wurde langsam kühler und dunkler.
Sunyboy hatte sich an der Korbwand eine kleine Fackel angebracht und bemalte sein Gesicht und seinen Körper mit schwarzer und leuchtend weißer Farbe. Er hatte oben, unter dem Ballon ein Schwarzlicht angebracht, dass an eine Autobatterie angeschlossen war. Seine weißen Körperteile leuchteten, seine schwarzen waren nicht mehr genau zu sehen. Sein Penis leuchtete in grellem Weiß. Ansonsten wirkte er jetzt wie ein Skelett. Er hatte sich einen Zylinder aufgesetzt, dessen Ränder weiß waren und der nach oben hin, weiße Streifen hatte.
Er tauchte wieder hinab und holte den schwarzen Hahn aus dem Sack und hieb ihm mit einer Machete den Kopf ab. Das austretende Blut spritzte er Helga über ihre Brüste und längs des Mundes.
Er riss dem Tier eine große Feder raus, spitzte den Kiel an und trieb sie in Helgas linke Brust. Die Augen der Kommissarin weiteten sich und ein markerschütternder Schrei halte durch den Nachthimmel, wie ein Blitz.
Mark Knopfler spielte einen langsamen Walzer dazu. Er sang so schön und so romantisch, wie ihn Rosa bis jetzt noch nie gehört hatte. Mit dem Schrei ihrer Kollegin war der Gedanke an einen bösen Traum und das baldige Aufwachen vorbei und lähmendes Entsetzen machte sich in ihr breit. Kalter Schweiß brach aus und lief langsam an ihrem Körper herab.
Er tauchte wieder in den Korb hinab, holte den weißen Hahn aus dem Sack und wiederholte sein grausames Ritual an Rosa Deithard.
Als Rosa der weiße Federkiel in die Brust gestoßen wurde und sie aufschrie, war Helgas Blut, das unter der schwarzen Feder hervor gelaufen war, fast schon wieder getrocknet. Er machte zwei Blitzlichtfotografien.

Kampfhubschrauber

Sie waren gefühlt schon ziemlich lange unterwegs und flogen inzwischen durch die stockdunkle Nacht. Man müsste den Heißluftballon sehen. Wenn dieser einen Feuerstoß gab, müsste er sogar kilometerweit zu sehen sein. Es war natürlich nicht klar, in welcher Höhe der Ballon flog.
Hysen hatte mehr die Ahnung von Licht wahrgenommen. Zweimal kurz hintereinander ein sehr kleines, schwaches Licht, etwas links unterhalb ihrer Flugrichtung. Und dann sahen sie ihn plötzlich aufglühen. Rot gelb leuchtend und groß und sie hätten ihn fast überflogen.
Die Montgolfiere kam etwas höher und Henschel senkte den Hubschrauber genau über den Ballon in Kampfstellung. Es war jetzt windstill, so dass Montgolfiere und der Kampfhubschrauber in der Luft standen.
Professor Sonntag war seinem Ritual gefolgt. Außerhalb seiner „Kunst" und der Verehrung seiner „Laura" hatte er das Interesse an Sex grundsätzlich längst verloren.
Und nur er selbst wusste, dass diese Leichtigkeit einer Schwerkraft geschuldet war, die aus dem Dunkel des Chaos stammte, des dionysischen Chaos, das unter der dünnen Haut der Zivilisation lag, und mit nie nachlassenden Verlangen auf uns wartete. Jetzt hatte er es mit einer neuen Situation zu tun, die es bis jetzt noch nicht gegeben hatte. Über ihm und seiner Montgolfiere schwebte eine große, schwarze und böse Libelle und störte sein Ritual empfindlich.
Henschel gab dem Hubschrauberstandort seine genaue Position durch und bestellte zwei große Mannschaftshubschrauber.
„Wer hat ein Taschenmesser einstecken?" fragte er Hysen, Goppenweihler und Liebstöckel. Hysen hatte ein aufgeklappt feststehendes Taschenmesser dabei und reichte es Henschel.

„Passt auf Jungs. Ich werde mich jetzt mit der Personenwinde auf den Ballon runterlassen. Wenn ich auf dem Ballon bin, drückt ihr auf diesen Knopf. Dann habe ich fünfzig Meter Spielraum. Ich werde mich dann auf dem Ballon nach unten gleiten lassen. Mit den Messern werde ich unten bremsen."

„Aber dann", Liebstöckel wollte etwas einwenden, was mit heißer Luft zu tun hatte, aber Henschel sagte nur noch, „Ihr werdet abgeholt", dann war er auch schon auf den Kufen und weiter auf dem Weg nach unten. Der Ballon wurde von dem flexiblen Suchscheinwerfer mehr schlecht als recht beleuchtet. Henschel hatte vorsichtshalber die Handschuhe angezogen. Er wusste nicht genau, welche Temperatur und welches Material ihn erwarteten. Als er auf dem Ballon ankam, war er nicht so heiß, wie er gedacht hatte, aber viel weicher, als ihm lieb war. Fast wie auf einer Wolke. Da war es gut, dass er nach oben durch die Personenwinde gehalten wurde.

Liebstöckel drückte auf den Knopf. Henschel hatte gerade das zweite Taschenmesser aufgeklappt, als es auf einmal nach unten ging. Er glitt am Ballon entlang, wie an einem großen Wackelpudding, stieß er die Messer in die Haut des Ballons und bekam damit wieder Halt. Stich für Stich arbeitete er sich dem Korbrand entgegen.

Auf halber Höhe musste er etwas verschnaufen, denn jetzt kam das richtig harte Stück, die nach innen verlaufende Verjüngung der Stoffwand gab ihm überhaupt keinen Halt oder Wiederstand mehr.

Der Ballon leuchtete auf. Sunyboy hatte das Gas aufgedreht, die Montgolfiere reagierte sofort und schoss nach oben. Oberst Henschel arbeitete sich mit den Messern nach unten. Er war am unteren Ende des Ballons angekommen und hörte seinen Lieblingschor. Das zweite Lied auf seiner Turandot CD von Puccini. Er nahm nach außen Schwung und wollte gerade in den Korb zurück pendeln, da tauchte wie aus dem Nichts ein leuchtendes

Skelett vor ihm auf und eine vorn gekrümmte Machete sauste auf ihn zu.

Liebstöckel, Hysen und Goppenweihler war es gar nicht wohl in ihrer Haut. Sollten sie Oberst Henschel ausklinken oder nicht?

Da tauchte vor ihnen der rot leuchtende Ballon auf und sie konnten auf dem Korbrand ein Skelett erkennen, dass eine Machete schwang. Einen kurzen Augenblick war das Skelett verdeckt. Die Silhouette einer anderen Gestalt hatte sich kurz davor geschoben, dann sah man wieder das fluoreszierende Skelett.

Oberst Henschel war nichts anderes übrig geblieben, als sich um ein Verbindungstau herum zu schwingen und abzustürzen um nicht zerhackt zu werden.

Durch die Aufwärtsbewegung der Montgolfiere, wurde er aber sofort wieder zum Korb hinauf gerissen. Am oberen Korbrand bei den Sandsäcken hakte er sich aus. Er konnte sich gerade noch in ein Tau der Sandsäcke einhaken, als er auch schon einen Ruck spürte der den Aufstieg des Ballons jäh bremste. Dann schepperte es gewaltig. Die Rotoren des Hubschraubers hatten das Verbindungskabel durchtrennt. Der Hubschrauber war ins Trudeln geraten und taumelte jetzt unter ihnen wie eine besoffene Libelle. Das Skelett hatte die Kommissarin von ihren Fesseln befreit. Er stand auf dem Korbrand und hielt sie in den Armen. Rosa musste von der anderen Seite des Korbrandes gefesselt zuschauen.

Er beugte den Kopf zu Helga, um sie ein letztes Mal zu küssen, bevor er sein allergrößtes Opfer brachte. Da ging ein neuer starker Ruck durch die Montgolfiere. Das durchtrennte Transportkabel sirrte durch den Himmel und der Ballon stieg wieder nach oben.

Durch den Ruck hatte es Sunyboy mit der Kommissarin wieder in den Korb zurückgeschleudert.

Oberst Henschel zog sich an den Sandsäcken nach oben, erklomm den Korbrand und Pavarotti sang „Nessun dorma", also „Keiner Schlafe". Die Gefahr bestand absolut nicht. Die Arie des Prinzen Kalaf zu Beginn des dritten Aktes der Oper Turandot von Giacomo Puccini, die 1926 in Mailand uraufgeführt wurde.

In der Oper, deren Handlung vor 3000 Jahren im chinesischen Reich spielt, löst der fremde Prinz Kalaf das Rätsel der Prinzessin Turandot und gewinnt sie damit zur Gemahlin. Er stellt der Prinzessin jedoch in Aussicht, sie von ihrem Heiratsversprechen zu entbinden, wenn sie bis zum Sonnenaufgang seinen Namen herausfinden würde. Darauf hin befiehlt Turandot, dass niemand in Peking schlafen dürfe, alle sollten nach dem Namen des unbekannten Prinzen fahnden. Die Untertanen werden mit der Todesstrafe bedroht, falls sie den Namen nicht herausfinden sollten.

Boten verkünden: Questa note nessun dorma in Pechino – Diese Nacht soll niemand schlafen in Peking. Darauf wiederholt der Chor die Worte: Nessun dorma. Auch Kalaf greift diese Worte zu Beginn der Arie auf und zeigt sich standhaft und gewiss, dass die Prinzessin das Geheimnis seines Namens nicht lösen wird.

Kalaf singt: „ Keiner schlafe! Keiner Schlafe! Auch du, Prinzessin schläfst nicht. In deinen kalten Räumen blickst auf die Sterne, die flimmern von Liebe und Hoffnung träumen! Doch mein Geheimnis wahrt mein Mund. Den Namen tu`ich keinem kund! Nein, nein. Auf deinen Lippen sag ich ihn, sobald die Sonne scheinen wird! Mein Kuss allein soll dieses Schweigen lösen, durch dass du mein wirst!"

Chor: „Wenn niemand seinen Namen weiß, dann müssen wir den Tod erleiden!"

Kalaf: „Die Nacht entweiche, jeder Stern erbleiche! Jeder Stern erbleiche, damit der Tag ersteh und mit ihm mein Sieg!"

Der Hubschrauber trudelte gefährlich nah an den rot leuchtenden Ballon heran. Eines der Rotorblätter schlug ein Loch in die Ballonhülle.
Liebstöckel schupste Goppenweihler und Hysen auf die Seite und übernahm den Steuerknüppel. Er schaffte es tatsächlich im letzten Augenblick den Ballon zu überfliegen. Er war während seiner Bundeswehrzeit Transporthubschrauber mitgeflogen und hatte die Piloten oft beobachtet. Der Zivildienstleistende Goppenweihler und der albanische Ermittler Hysen staunten nicht schlecht über die geheimen Fähigkeiten ihres Innendienstlers.
Beim Schlussakkord von Nessun dorma sprang Henschel vom Korbrand auf das am Korbboden kauernde Skelett und vergrub die zwei Messer in den zwei Händen, die sich ihm zur Abwehr entgegen streckten. Der Professor schrie auf vor Schmerz, riss seine Arme und die von Oberst Henschel auseinander und stieß mit dem Kopf zu.
Er traf mit den oberen Nasenrücken von Henschel, der zurück an die Korbwand geschleudert wurde. Tränen schossen ihm in die Augen, Blut quoll aus der Nase und Cecilia Bartoli sang: „ Misera abbandonata" von Antonio Salieri. Dazu sah er kurz, mit geschlossenen Augen, die Sterne aufleuchten. Er wurde herumgerissen und durch seinen Tränennebel sah er, wie das Skelett auf ihm Platz nahm und sich die Messer, eins nach dem anderen aus den Händen zog. Das fluoreszierende Skelett holte mit beiden Messern aus, um sie in Henschels Brust zu stoßen. Henschel verabschiedete sich gerade von der Welt, als eine Machete von hinten heran gesaust kam und den Kopf vom Körper des Skeletts abtrennte.
Helga Reitemich hatte sich mit der letzten ihr verbliebenen Kraft aufgbäumt und zum finalen Schnitt ausgeholt.
Sie legte alles, was sie noch aufzubieten hatte in diesen diagonalen Schnitt. Dann brach sie auf Sunyboy zusammen, der jetzt Kopflos auf Henschel thronte.

Die Blutfontäne aus dem Halsrumpf des Skeletts schoss ihr erst ins Gesicht und dann beim Sturz auf die Brüste und den Bauch.
Henschel grub sich unter den Leibern hervor. Sunyboy war tot. Frau Reitemich war bewusstlos und Rosa hing mit weit aufgerissenen Augen in ihren Fesseln.

Trompetensee

Da merkten sie den ersten Bodenkontakt.
Die Montgolfiere war langsam aber sicher nach unten geschwebt, nach dem die heiße Luft immer weiter durch das Loch, das das Rotorblatt gerissen hatte, entwichen war. Der Korb kratzte sanft über das Sandufer des Trompetensees, der Ballon legte sich auf das Wasser und Magdalena Kozena sang: „Nuit resplendissante!" die Arie der Prinzessin Gonzague aus der Oper „Cinq-Mars" von Charles Gounod, so wohltuend und lindernd, dass es die Unwirklichkeit der Situation bis auf das Äußerste spannte.
Oberst Henschel befreite Rosa Deithard von Ihren Fesseln. Die Azubine lies sich auf seine Schultern fallen und er trug sie auf den Strand. Er holte Decken und Kissen aus dem Ballonkorb und dann trug er auch noch die Kommissarin auf das Deckenlager am Trompetensee bei Vollmond. Henschel deckte die Frauen zu, machte ein Strandfeuer und goss sich ein Glas Champagner Grand Dame ein.
Helga Reitemich richtete sich auf und schaute über den See auf den Vollmond, der seine silbrig milchige Spur auf sie lenkte. Da war ein Licht, das kein Stern war und das auf sie zu kam. Aus dem Lichtpunkt wurde ein torkelnder Lichtkegel und nun war auch das Geräusch des Hubschraubers immer lauter zu hören. Er kam, nach Abzug aller seitlichen Ausschläge, genau auf sie zu.
Liebstöckel hatte sich überlegt, seine Bruchlandung, und davon war er überzeugt, im See, nahe am Ufer zu versuchen. Er eierte über das Wasser und die Kufen hatten

schon ein paar Mal Kontakt mit der dunklen Fläche gehabt. Er wollte näher am Ufer kräschen.
Helga, Rosa und Oberst Henschel sahen den Kampfhubschrauber, wie eine betrunkene Libelle, immer näher auf sich zu torkeln. Ungefähr zehn Meter vor ihrem Strand gruben sich seine Kufen in eine Sandbank, dann kippte er langsam vornüber, bis sich die Rotorblätter direkt vor ihnen in den Sand bohrten.
Unfähig sich zu bewegen, hatten die drei dem Szenario einfach nur zugesehen. Zwei der Rotorblätter waren geborsten und in Teilen durch die Luft geflogen, wie übergroße Bumerangs.
Jetzt stand der Hubschrauber, gestützt auf die zwei noch verbliebenen Rotorblätter, die sich in den Sand gegraben hatten. Der hintere kleine Rotor stand fast senkrecht oben im Nachthimmel. Es rumorte an den Türen und Hysen, Liebstöckel und Goppenweihler kletterten mit leichten Blessuren aus der Kabine. Sie wateten durch das niedrige Wasser an den Strand und ließen sich erschöpft am Feuer nieder.
„Meine liebe Scheiße", sagte Liebstöckel, „noch mal möchte ich das nicht erleben".
„Da bist du nicht der einzige", meinte Rosa Deithard und starrte weiter ins Feuer.
Henschel kam zurück und legte zwei große Bohlen aufs Feuer. Funken stoben in den Nachthimmel. Das dicke große Holz war trocken, brannte gut, machte warm.
Oberst Henschel holte noch Champagnergläser aus dem Ballonkorb und schenkte eine runde Grand Dame ein.
„Um ein für alle mal für Klarheit zwischen uns zu sorgen. Ich meine, nach dem, was wir zusammen erlebt haben, bin ich euch das schuldig. Also passt auf! Eine lybisch – deutsche Zusammenarbeit war das damals. Erst waren ein paar Offiziere von uns da unten, dann kamen ein paar von denen zu uns. Es ging um sehr viel Kohle damals und nicht nur um Training und Ausbildung, sondern auch um

Waffenexport. Das EU Waffenembargo gegen Lybien lief 2004 aus. Das erste Land, das offiziell Waffengeschäfte mit Lybien einging war Frankreich. Da mussten wir natürlich auch ran. Ausbildung und Training und danach Verkaufsgespräche. Unter der Leitung von Spezialisten mit GSG9 Hintergrund lief die Aktion „Wüstensand".
Als die dann bei uns waren, war ein Sonderservice fällig. Irgendetwas muss dann aus dem Ruder gelaufen sein. Vielleicht wollten die Piloten auch mitfeiern, oder so was in der Art. Bei soviel Prominenz und Geld, Öl und Gas und Waffenexport. Naja, kein Wunder, dass da die örtliche Kriminalpolizei nicht mitspielen durfte.
Prost!"

Was, wenn ich nicht Liebe, macht mein
Herz so schlagen?
Doch ist es Liebe, Gott! Wie mag sie sein?
Wenn gut, warum schließt sie so herbes ein?
Wenn schlecht, woher so süß sind ihre Plagen?

Lieb ich freiwillig – woher Leid und Klagen?
Und unfreiwillig – ist die Schuld dann mein?
O süßes Weh, lebendige Todespein,
Wie kommt`s dass ich gezwungen
euch muss tragen?

Und ungezwungen – klagt ich ohne Grund?
In morschem Kahn treib ich auf hohem Meer
Ganz steuerlos, ein Spiel der Wind und Fluten.

So leicht an Wissen und im Wahn so schwer,
Dass, was ich möchte, selber mir nicht kund;
Im Sommer beb ich, fühl im Winter Gluten.

Petrarca